ALBERTINE

PAR

MICHEL MASSON.

I

PARIS.

WERDET, LIBRAIRE - ÉDITEUR,

49, rue de Seine-Saint-Germain.

1838

MICHEL MASSON.

—

ALBERTINE.

A. BARBIER. — IMP. DE P. BAUDOUIN,

rue et hôtel Mignon, 2.

ALBERTINE.

PAR

MICHEL MASSON.

I

PARIS.

WERDET, LIBRAIRE – ÉDITEUR,

49, rue de Seine-Saint-Germain.

1838

INTRODUCTION.

Quand il fut au terme de la tâche qu'il s'était imposée, celui qui a écrit ce livre, se sentant les doigts fatigués, laissa tomber la plume sur sa table tachée d'encre, après quoi il se renversa nonchalamment sur l'adossoir de sa chaise, et, poussant un très profond soupir qui pourrait se traduire par ce mot de délivrance : — Enfin! — il ferma les yeux et s'endormit d'un aussi lourd sommeil que s'il venait de relire son œuvre.

Alors il se permit d'avoir une vision.

La toute petite chambre qu'il occupe à

Voisins-Louveciennes ; Louveciennes, charmant village que je vous invite à visiter, non
pas absolument pour lui-même, mais pour
les ravissantes vallées, mais pour les délicieux bouquets de chataigniers qui l'environ-
nent. D'ailleurs c'est un voyage facile et peu
coûteux ; deux voies de communication vous
sont ouvertes ; d'abord, vous trouvez rue de
Rivoli les voitures dites accélérées qui vont
droit de Paris à Saint-Germain. Quant à vous
qui ne voulez pas pousser si loin, puisqu'il
est bien convenu que vous vous êtes mis en
route pour venir à Louveciennes, vous vous
faites descendre à la chaussée de Bougival ;
là, vous trouvez au bureau des voitures, un
brave homme fort obligeant, M. Thouveny,
qui ne demande pas mieux que de vous faire
accompagner jusqu'au chemin de la Princesse, et puis vous montez, vous montez
long-temps cette large chaussée qui se peut
comparer à l'allée principale d'un parc ; vous
montez, dis-je, ayant en perspective les arches

imposantes de l'aqueduc de Marly : seulement, pour admirer en toute tranquillité de
conscience ce monument de la vanité royale,
vous avez soin d'oublier ce qu'il a coûté
d'or, de sueur et de sang ; ou bien, si votre
cœur s'émeut trop vivement au ressouvenir
de la misère des peuples, abaissez vos regards vers la droite; ce ruban d'argent, çà
et là tacheté, qui serpente à l'ouest, c'est la
Seine avec ses nombreux îlots tout chargés
de verdure ; à gauche, sur les hauteurs, ces
toits qui scintillent au soleil, cette flèche qui
se dresse vers le ciel, c'est le clocher de
Saint-Michel, ce sont les maisonnettes de la
Celle Saint-Cloud. Je n'indique le chemin
de la Princesse qu'à ceux qui ont la jambe
solide et le pied tant soit peu montagnard ;
pour les autres, ils peuvent prendre le chemin de fer du Pec et les Omnibus de Ver-
sailles, ce qui leur procurera le double avan-
tage de faire en une heure de moins, trois
lieues de plus que par l'autre voie.

Mais c'est assez divaguer, revenons à la vision de l'auteur.

La toute petite chambre qu'il occupe à Louveciennes sembla tout à coup s'élargir ; sa table recula de dix pas environ ; elle prit la forme d'un fer à cheval, se recouvrit d'un tapis vert, et trois figures pâles, sévères, ennuyées et coiffées du bonnet carré des juges, parurent assises devant le bureau de ce tribunal imaginaire. L'auteur se trouva tout naturellement placé sur le banc des accusés, ayant pour vis-à-vis un grand monsieur jaune et sec, aux yeux louches, aux dents longues et affamées ; celui-ci tenait d'une main une pioche de fossoyeur, de l'autre un marteau qui, je l'ai su plus tard, ne lui servait qu'à démolir ; il se nommait le PROGRÈS SOCIAL, et portait ces deux mots écrits sur le front : SCIENCE HUMANITAIRE. Devant la barre du tribunal il y avait un gros homme de bonne mine, qui répondait par un sourire de commisération au regard de pitié que le grand monsieur jaune laissait à chaque instant tomber sur lui. Or, le gros homme qui s'intitulait modestement : LE PUBLIC ÉPICIER, était venu là tout exprès, pour défendre le pauvre auteur mis en cause par le *Progrès social*, au sujet d'un chétif roman qui n'avait d'autre prétention que celle d'être lu avec l'attention qu'on accorde à un feuilleton du journal..... Devinez, je ne le nommerai pas.

L'interrogatoire terminé et les réponses de l'accusé entendues, le dialogue suivant s'établit entre le soi-disant ministère public et le défenseur officieux. Les juges examinaient le manuscrit en bâillant ; quant à l'auteur, il était tout oreilles.

« Monsieur, dit le Progrès social en frappant de sa pioche sur le bureau, ce qui ne laissa pas que de l'écorner un peu ; monsieur, au temps de réorganisation où nous sommes, tout homme d'intelligence est comptable envers l'humanité de l'emploi qu'il fait de ses talens.

— Monsieur, interrompit le Public épicier, je prendrai la liberté de vous faire observer que pour servir les intérêts de l'humanité, il n'est pas absolument indispensable de casser les meubles d'une maison.

— Vous vous écartez de la question, riposta l'accusateur ; d'ailleurs, nous autres hommes d'action, nous ne sommes pas venus pour édifier, mais bien pour renverser les obstacles qui s'opposent à la course victorieuse de l'esprit humain.

Et dans la vivacité du geste il renversa l'écritoire.

— Parbleu, monsieur, voilà un tapis de serge gâté, remarqua son adversaire, et je ne sache pas que la société ait gagné beaucoup à ce que vos manchettes soient teintes d'encre.

— Ne m'interrompez pas ! poursuivit l'autre ; tout état stationnaire équivaut à une marche rétrograde, suivant l'axiôme du système *progressif*, *qui dit positivement, que*

n'avancer pas c'est reculer ; c'est pourquoi
j'appelle toute la sévérité du tribunal sur
l'auteur des Romans de la Famille ; car, entre
nous, quel pas a-t-il fait faire au char qui
porte le progrès?

— Il n'a pas la prétention de se croire
assez robuste pour pousser à la roue, répliqua mon défenseur.

— Et c'est justement de ceci que je l'ac-
cuse, repartit le soi-disant ministère public,
de quel droit se permet-il de faire le mo-
deste? ah! il n'a pas de prétentions, je soutiens qu'il doit en avoir et beaucoup, ainsi
que nous en avons tous ; ou bien il n'est pas
des nôtres.

— Mais encore une fois, c'est tout simplement un bon homme d'écrivain qui ne
veut régenter personne, et dont toute l'ambition se borne à aider ses lecteurs à tuer le
temps.

— S'il s'agit de tuer, nous ne nous y op-
posons pas, pourvu qu'il s'en prenne aux

victimes que nous avons désignées, sinon,
nous lui interdirons l'usage des armes; car
quiconque ne se sert pas des siennes pour
frapper nos ennemis, nous blesse traîtreuse-
ment. Le progrès social comme nous l'enten-
dons, ne souffre ni la tiédeur ni l'indifférence;
il faut lui prêter main forte, le servir aveu-
glément, lui être utile enfin, ou bien ne pas
être du tout.

— C'est-à-dire que les trente-deux mil-
lions neuf cent quatre-vingt dix-neuf mille
individus qui peuplent les ateliers, les comp-
toirs du commerce, les fermes des campa-
gnes, les casernes et les forteresses; ceux
qui parcourent les mers, ceux qui se livrent
aux expériences du laboratoire, aux recherches scientifiques, à l'étude des arts, ceux
qui vivent de la production et qui font vivre
les producteurs, ne forment à votre sens
qu'une masse d'inutilités, parce qu'ils ne
prennent aucun souci de science humanitaire?
jolie découverte, ma foi! qui tend à remettre

tous les jours en question l'existence du plus grand nombre, et cela au profit de quelques écervelés et de certains utopistes qui heureusement n'ont pas pour la plupart le courage de leur folie.

— Où allons-nous ! s'écria le Progrès social tout étourdi de la longue réplique de mon avocat.

— Ma foi, je n'en sais rien, répondit franchement le public épicier, mais j'ai voulu vous suivre, et, naturellement, je me suis égaré. Au fait, il ne s'agit que d'un livre.

— Et de quel livre? s'empressa de dire le Progrès social, heureux d'avoir été remis sur la voie par l'humble avocat; d'abord c'est moins que rien : un roman.

— Ma femme les aime, reprit l'épicier, et moi je ne les méprise pas, surtout quand ils sont imprimés sur papier fort; cela fait d'excellens cornets, et les cornets sont utiles, quoi que vous en puissiez dire. D'ailleurs, rêveries pour rêveries, je préfère celles qui

ne m'occupent que juste le temps que j'em-
ploie à les parcourir, aux magnifiques élucu-
brations de vos civilisateurs qui me font
trembler pour la solidité du trône, partant,
pour celle du crédit public. Encore, vos
chefs-d'œuvre, suis-je forcé de les lire en
cachette de mes enfans et de leur mère, sous
peine, autrement, de leur rappeler dix fois
par jour qu'une femme doit fidélité à son
mari, et au fils, respect à son père.

— Mais à quoi bon le respect et la fidélité?
nous ne voulons plus de mariage : c'est une
immoralité ! je suis garçon, vive le célibat!

— Fort bien, mais que deviendra la famille?

— Il n'y aura plus de famille, ou plutôt
il n'y en aura plus qu'une, chacun sera le fils
de tout le monde. Je suis un enfant trouvé :
vive l'hôpital des orphelins!

— A merveille ! mais que ferons-nous de
ces bonnes et saintes vertus si fécondes en
nobles dévouemens, en sacrifices généreux?

L'amour paternel : témoin ce brave homme qui se tue parce qu'il ne peut plus travailler, et qu'il sait que le fils de sa veuve sera de droit exempté du service militaire. La tendresse filiale, cette pieuse Prascovie qui s'expose aux dangers d'un voyage de six cents lieues à travers les neiges, pour arracher à l'empereur Alexandre un acte d'amnistie en faveur de son père exilé! L'orgueil du nom que l'on porte, qui fait dire à ce courageux enfant : « Fusillez-moi, car j'ai mérité de mourir glorieusement, je me nomme La Roche-Jacquelein! » et on le fusilla. Que ferons-nous aussi de ces souvenirs du foyer domestique qui réchauffent la vieillesse? enfin pourquoi serons-nous laborieux, sobres, économes, quand nous n'aurons plus à nous dire : Je me condamne à des fatigues, à des privations, mais j'ai des enfans que j'aime, et leur reconnaissance me tiendra compte de mes sacrifices.

— Nous voulons supprimer tous les de-

voirs qui sont incompatibles avec le développe-
pement de la liberté de l'homme.

— Je ne suis qu'un Public épicier, monsieur le Progrès social, par conséquent peu
apte à juger vos sublimes travaux pour le
bonheur du genre humain ; mais je crois sin-
cèrement qu'avec chaque devoir aboli, vous
supprimez un droit sans vous en apercevoir ;
comme aussi chacun des préjugés que vous
avez détruit a entraîné un bonheur dans sa
chute. Otez la royauté : adieu Bayard qui
lui fut si bravement dévoué, adieu Sully qui
lui fut si fidèlement rétif. Supprimez la reli-
gion : adieu saint Vincent de Paule, adieu
Fénelon, adieu ce saint François-Xavier qui
fit connaître à Louis XI les tourmens du remords ; adieu cet abbé Edgeworth qui put
dire au roi condamné : fils de saint Louis,
montez au ciel ! adieu enfin, et cela n'est
point à mépriser sans doute ; adieu l'espérance du prisonnier, adieu la dernière con-
solation de cette pauvre vieille femme qui

cause encore avec Dieu dans ses prières,
quand l'ingratitude ou la mort de ses enfans
l'a réduite à l'isolement. Vous ne pensez pas
assez aux vieilles femmes, messieurs les
cultivateurs ; il y faudrait songer cependant
au moins jusqu'au jour où vous aurez pu
abolir la vieillesse. Mais une simple question : d'où vient donc que vous ne parlez pas
aussi de supprimer la patrie ? vous le devez,
car si le genre humain est un, de quel droit
fractionnerait-on cette unité en plusieurs,
qu'on appelle peuples ? D'ailleurs, quoi de
plus élastique que cette ceinture imaginaire
que vous nommez les limites d'une nationa-
lité, ceinture qui se rétrécit ou s'étend suivant les hasards de la guerre, ou le savoir-
faire de nos diplomates. Cependant, supprimez la patrie, dis-je, et voyons après cela
ce que deviendront tant de héros que le
Progrès social compte pour bien peu sans
doute, mais dont le Public épicier a la sottise d'être fier.

— Assez ! assez ! s'écria le président du tribunal, la cause est suffisamment entendue. Embrouillée, voulait-il dire. Il résulte de tout ceci, que l'auteur des Romans de la Famille n'a voulu toucher à rien de ce que le vulgaire respecte.

—Pardon, reprit l'accusateur, la question ne nous semble pas convenablement posée ; il aurait fallu dire : l'auteur des Romans de la Famille est un citoyen dangereux, il tend à propager les mensonges sociaux qui, depuis tantôt six mille ans, règlent invariablement les rapports des hommes entre eux.

— Mieux que cela, ajouta mon avocat, il voudrait essayer de prouver ce que tout le monde sait aussi bien que lui : c'est qu'il n'y a de bonheur et de vertus, que là où est la foi dans les vieilles croyances et l'obéissance dans les devoirs ; c'est aussi l'opinion de votre serviteur, le Public épicier.

—Pauvre imbécile ! murmura le Progrès.

— Malheureux fou ! riposta l'autre.

Nous ferons connaître plus tard le pro-
noncé du jugement ; tout ce qui nous reste
à vous dire , c'est que le civilisateur s'en
alla fort mécontent de l'arrêt, louer une loge
au théâtre italien pour sa maîtresse, qui le
trompait, tandis que son adversaire, au sortir
de l'audience, se fit compter par le Lyon-
nais du coin, un cent de marrons qu'il em-
porta chez sa mère grand', pour le manger en
famille.

I

LE RENDEZ-VOUS.

A l'heure du soir où les mille bruits d'une cité populeuse et commerçante décroissent, s'affaiblissent peu à peu et vont s'éteindre dans le vaste silence de la nuit, par un temps de cette brume épaisse d'octobre qui enveloppe comme d'un voile de sang la lueur des réverbères, et qui fait trembler dans le vague d'un lointain trompeur le monument où nous allons nous heurter, le corps que nous pourrions toucher de la main, enfin, à

une heure et par un temps qui invitent également à rester chez soi, au coin d'un bon
feu, dans sa chambre bien close, une jeune
femme sortit furtivement d'une maison d'assez
belle apparence de la place Saint-Nicolas, à
Rouen, elle ferma doucement la porte derrière elle, et immobile, s'appuyant contre
cette porte, dont elle regrettait déjà d'avoir
franchi le seuil, elle regarda avec terreur,
elle écouta avec anxiété ; puis, rassurée par
ce double examen, et se voyant en outre
protégée par l'épaisseur du brouillard, cette
femme, obéissant à une puissance secrète
plus forte que sa volonté, fit quelques pas
en avant, non sans avoir, par surcroît de
précaution, rabattu sur son visage le capuchon de sa mante de soie, dont les plis, mal
disposés à dessein, auraient dissimulé sa
taille à l'œil le plus exercé.

Mais bientôt le cœur et le courage lui
manquèrent, une indécision étrange cloua
ses pieds au sol. Alors quelques passans la

heurtèrent, et parmi ceux-ci, il y en eut qui
lui adressèrent de grossières apostrophes :
elle ne sentait rien, n'entendait rien. Cependant, à un dernier choc plus rude, à une
dernière parole plus énergique que les autres, elle parut se réveiller, le courage lui
revint, et, par un contraste si naturel, qu'il
suffit de l'indiquer pour le faire comprendre,
une incroyable force de résolution succé-
dant tout à coup à son profond abattement,
elle traversa la place Saint-Nicolas, gagna
la rue aux Juifs qu'elle parcourut dans toute
sa longueur, et après maints détours dans
les ruelles tortueuses qui avoisinent le Mar-
ché-Neuf, après être revenue maintes fois
sur ses pas avec un soin qu'on aurait pu
croire calculé, elle poursuivit sa route vers
le vieux marché, qu'elle traversa enfin, et
bientôt après elle arriva sur le boulevard
Cauchoise.

Jusque là, l'espace avait été franchi par
cette femme avec une singulière rapidité;

elle s'arrêtait seulement à de rares inter-
valles, rien qu'un instant, une seconde, le
temps de jeter autour d'elle un regard craintif pour se demander si elle n'était pas reconnue ou suivie, puis elle précipitait sa
course afin de regagner l'instant perdu.

À la voir ainsi, tantôt courant, tantôt ra-
lentissant le pas, on eût deviné qu'elle
tremblait; à ces temps d'arrêt, à l'anxiété
qui alors se révélait dans tous ses mouvemens, il était naturel de supposer que le but
de cette promenade nocturne par un temps
si singulièrement choisi, dans un quartier si
éloigné de cette maison de la place Saint-
Nicolas, sa demeure sans doute, que le but
de cette promenade, disons-nous, était un
secret, un mystère qu'elle n'eût pas voulu
laisser pénétrer même au prix de sa vie.

Oui, elle tremblait fort, la pauvre femme,
car sa main, appuyée avec force sur sa poitrine, se soulevait repoussée par les batte-
mens précipités de son cœur, et tout à

l'heure, si, dans sa course, quelqu'un sans
le vouloir avait frôlé sa mante en passant,
il avait semblé à l'inquiète promeneuse
qu'une main lui saisissait le bras, et c'est
à grand'peine qu'elle était parvenue à se
délivrer de cette étreinte imaginaire. Si du
fond d'une boutique, une pâle lumière, per-
çant les vitres obscurcies par la vapeur du
brouillard, avait projeté jusque sur elle ses
rayons douteux, elle avait frémi en pensant
que cette lumière venait de la trahir. Tout
enfin lui était sujet de défiance et d'angoisse,
et cependant elle marchait toujours. Mais
voilà qu'au moment de traverser le boulevard Cauchoise, elle hésite de nouveau et
s'arrête encore. Un sentiment bien puissant,
le même peut-être qui lui rendit naguère si
difficiles ses premiers pas hors de sa demeure,
vient de faire rentrer l'irrésolution dans son
âme ; ce sentiment qui la domine est poignant
comme la honte, impérieux comme le remords avant la faute.

A demi-vaincue par le dernier cri de sa
conscience, par cette terreur salutaire qui
lui semble un avertissement du ciel, elle
s'encourage à rétrograder, elle va fuir le
danger qu'elle voit près d'elle sans doute;
pourtant, en plongeant son regard au-delà de
cette belle ceinture d'arbres, dans laquelle
la jeune femme n'a pas osé s'aventurer, elle
aperçoit, scintillant comme des étoiles loin-
taines, la lumière des magasins de la rue de
Crosne, et ces étoiles, quoique voilées, sont
pour elle un aimant qui l'appelle, qui l'attire.
Alors commence pour l'inconnue une de ces
luttes intérieures dont Dieu seul connaît la
violence, lutte écrasante pour le cœur qui
se crispe incessamment sous l'effort de deux
pensées contraires, lutte également douloureuse, que ce soit l'une ou l'autre de ces
pensées qui triomphe, parce que c'est toujours ce pauvre cœur doublement oppressé,
qui paie en souffrance le prix de la victoire.

Néanmoins le combat que soutient depuis

si long-temps cette âme en peine, ne paraît
pas toucher à sa fin ; on dirait qu'il y a
pour la jeune femme péril à avancer, péril
à reculer ; qu'elle se rendra coupable d'une
faute si elle va plus loin, et qu'elle est me-
nacée de commettre une faute encore si elle
retourne d'où elle est partie. L'inconnue,
qui maintenant n'a plus ni courage, ni volonté, reste épouvantée en face de cette al-
ternative. Quelques minutes se passent ainsi.
C'est tout un siècle de tortures !

Mais voilà qu'à travers cette irrésolution,
et du plus profond de son âme désolée, s'é-
lance tout à coup une fervente prière ; elle
demande à Dieu une force quelconque, ou
pour vouloir ou pour refuser ; Dieu l'a-t-il
entendue ? Qui le sait ? Personne ! mais elle
croit fermement qu'un bon ange l'a soutenue dans son élan vers le ciel, car son agitation fiévreuse vient de cesser comme par
enchantement, son sang se rafraîchit, ses
idées se succèdent plus nettes, plus lucides ;

elle ne réfléchit plus , et , soit inspiration di-
vine , soit besoin d'en finir avec l'incerti-
tude , laissant à l'avenir le soin de décider si
elle fait bien ou mal, la jeune femme s'écrie :

« Non ! non ! je n'irai pas. »

Comme en se parlant ainsi elle se dispo-
sait à rentrer dans la ville, un homme enve-
loppé d'un manteau, et qui traversait la
place dans un sens opposé à la route de
l'inconnue, se trouva à côté d'elle avant
qu'elle eût eu le temps de l'apercevoir et
de l'éviter. Profitant de la lumière d'un ré-
verbère, il essaya de distinguer ses traits,
enfouis sous le capuchon de la mante de soie.
Effrayée de cette curiosité dans laquelle elle
voit une intention impertinente, car cet
homme, elle le reconnaît et elle s'imagine
que lui aussi il l'a reconnue, la tremblante
femme ne songeant qu'à se soustraire aux
suites de cette funeste rencontre, prend la
fuite au hasard, et puis elle va tout droit
devant elle ; l'audacieux est déjà loin, que se

croyant toujours poursuivie, elle ne songe à reprendre ses sens, que lorsqu'elle se trouve bien au-delà de ce même boulevard Cauchoise qui, quelques instans auparavant, lui avait paru une barrière infranchissable.

Cédant, moitié à ce pouvoir étrange qui la conduit vers le but qu'elle a eu tant de peine à éviter, moitié à l'influence de cette rencontre inattendue qui a mis obstacle à son retour, elle murmure ces mots :

« Allons, si je suis perdue, que ma perte, du moins, ne soit pas inutile!.. »

Et machinalement, victime résignée, elle s'abandonne à la puissance qui la maîtrise.

L'horloge de la paroisse de la Madeleine vient à sonner; c'est avec un tressaillement convulsif qu'elle a compté neuf heures. Elle se hâte alors; on dirait, à la voir marcher si vite, qu'elle craint maintenant d'arriver trop tard. Sans doute, car si le but est prochain, l'heure du rendez-vous est déjà passée. Reprenant sa course avec rapidité, elle s'est élancée dans la rue montueuse ouverte devant elle; elle en gagne rapidement l'extrémité opposée, et ne s'arrête que devant une maison à porte basse, et dont tous les volets sont exactement fermés. Arrivée là, et comme si elle craignait de retomber dans ces irrésolutions qui l'ont fait si cruellement souffrir, elle frappe brusquement à la porte qui s'ouvre à l'instant même.

Il était temps! La fatigue, l'anxiété, tant d'émotions diverses avaient été pour la pauvre femme un supplice au-dessus de ses forces; une minute de plus, et elle serait tombée morte d'épuisement.

La personne qui ouvrit la porte, soit négligence, soit précaution peut-être, n'apporta pas de lumière.

— Je vous attendais, madame! lui fut-il dit simplement et d'un ton de reproche.

La visiteuse en retard reconnut aisément une voix d'homme, et s'arrêta; mais comme elle hésitait à pénétrer dans l'obscurité en

compagnie de cet homme, la même voix
ajouta avec un accent plus doux :

— Ne craignez rien, madame, prenez
mon bras, et appuyez-vous sur moi.

Cela dit, il l'attira à lui sans qu'elle pût
opposer la moindre résistance, et la porte
se referma sur eux. S'abandonnant à son
guide, la jeune femme, sans confiance et
sans volonté, suivit un étroit et long corridor qui menait de l'entrée au fond de la
maison ; au bout de ce corridor, elle traversa une vaste chambre également sans
lumière, et qui communiquait avec la pièce
la plus reculée de l'appartement ; c'est là
seulement que son guide s'arrêta.

Rien qu'à la vue des quatre ou cinq gra-
vures, représentant toutes des sujets mili-
taires du temps de l'empire, et de l'image
de Napoléon répétée partout, car le général,
le consul, l'empereur était figuré en sta-
tuette de bronze au-dessus de la pendule
qui ornait la cheminée, en buste de plâtre

sur le secrétaire, en miniature sur la blanche
pipe d'écume attachée à portée de la main,
et tout près d'une causeuse, enfin, c'était
aussi un magnifique portrait du prisonnier
de Sainte-Hélène placé dans un cadre d'é-
bène, qui formait le principal ornement de
cette pièce; à l'aspect de ces emblêmes divers, mais qui révélaient une pensée, un
culte unique, on devinait que l'habitant de
cette maison avait été soldat; et, pour dernier témoignage de ce fait, on voyait, dans
une encoignure de la chambre, un uniforme
de la jeune garde impériale surmonté d'un
trophée d'armes.

C'était bien une chambre de garçon, en
tant seulement que ces mots : chambre de
garçon, ne sont pas synonymes de désordre
et de pêle-mêle; au contraire, il régnait là
une propreté méticuleuse, un goût parfait,
mais de ce bon goût qui se sent et ne s'ex-
prime pas. Une sorte de coquetterie et même
de recherche, coquetterie accidentelle peut-

être et due seulement à l'espérance d'une
visite inaccoutumée, semblait avoir préoc-
cupé le maître du logis.

Ce fut dans ce réduit retiré, loin du bruit
du dehors et à l'abri de toute indiscrétion,
que le soldat conduisit la fugitive de la place
Saint-Nicolas. Celle-ci était tremblante et
dans un tel état de faiblesse, que son compagnon la déposa plutôt qu'il ne la fit asseoir
sur la causeuse placée d'avance au meilleur
coin de la cheminée, où brillait un bon feu
qui ne devait pas tarder à la pénétrer d'une
douce chaleur.

Après avoir empilé les coussins sous les
pieds et sous la tête de sa visiteuse, pour
lui faire un siége plus commode, après avoir
essayé de réchauffer une main qu'il sentait
glacée sous le gant qui la couvrait, mais tout
cela sans sortir des bornes du respect le plus
profond, le plus vrai, tout cela sans chercher à voir ce visage toujours caché sous le
capuchon, il s'éloigna de la causeuse et se

I   2

tint debout à quelque distance, silencieux,
immobile, afin, sans doute, de se remettre
lui-même d'une trop vive émotion, et pour
ne pas rappeler trop tôt sa présence à cette
femme qui était là, devant lui, et qu'il cou-
vait d'un œil inquiet, comme ferait une mère
au chevet de son enfant malade.

L'inconnue, qui depuis son arrivée n'a-
vait signalé sa présence que par le bruit
irrégulier de sa respiration, revint à elle,
et, recouvrant par instinct plutôt que par
souvenir le sentiment de sa position, elle se
dressa tout à coup sur son séant, posa vivement ses pieds sur le parquet, promena autour d'elle un regard effaré; puis ce regard
ayant rencontré celui d'un homme qui la
contemplait avec une indicible expression
de tendresse où se mêlait l'orgueil d'une
victoire chèrement achetée, elle rougit et
pâlit tour à tour; enfin, d'une voix que toute
sa puissance de volonté ne réussit pas à rendre bien assurée:

—Que voulez-vous de moi, monsieur?
dit-elle en se couvrant la figure de ses mains,
mais pas assez vite pour éviter d'exposer aux
yeux de celui qu'elle interrogeait une tête
jeune et belle quoique convulsée par deux
heures d'angoisse.

Quant à lui, il resta muet, plongé dans
une délicieuse extase de bonheur et d'adoration.

Le capuchon était retombé en arrière
dans le mouvement brusque de la jeune
femme; il l'avait vue enfin!

— Qu'ai-je donc à craindre de vous? demanda-t-elle encore, et cette fois avec l'accent de la prière et de la terreur.

Ces dernières paroles furent, pour le
contemplateur, comme une foudroyante
secousse galvanique; il tressaillit, secoua la
tête, ferma les yeux afin sans doute de res-
saisir, dans son vol, un rêve qui venait de
lui échapper; mais la réalité fut la plus forte,
et par une transformation aussi soudaine que

la pensée, cet homme redevint ce qu'il était
d'ordinaire.

A coup sûr, ce n'étaient ni les travaux de
la guerre ni ses quarante années qui avaient
semé sur sa tête de rares cheveux blancs,
pâli et creusé ses joues, animé ses yeux
d'une flamme sombre, sillonné son front
large et osseux des rides de la vieillesse,
plissé ses lèvres sous l'effort incessant d'une
ironie amère, empreint en un mot tout son
visage d'une expression de mélancolie
poignante, œuvre de la douleur, des déceptions subies et d'une haine vivace.

A la voix de la jeune femme, la grande
et noble stature de cet homme s'inclina ; il
gémit profondément sur lui-même, mais il
crut comprendre que c'en était fait à tout
jamais pour lui de l'apparition fugitive de sa
félicité, et il se résigna. Alors, ayant relevé
la tête avec un air d'inébranlable fermeté,
et se décidant à marcher droit à son but,
sans que ce nouvel assaut de la destinée pût

ajouter ou à la haine qui toujours débordait
de son cœur, ou à la générosité naturelle
qui parfois lui livrait de rudes combats,
l'homme faible disparut, il ne resta plus que
l'homme fort, l'homme qui veut, et pour
qui toutes les armes, tous les moyens sont
bons, pourvu qu'ils assurent le triomphe de
sa volonté. Il vint s'asseoir à deux pas de la
jeune femme et répondit :

— Vous me demandez ce que vous avez
à craindre de moi ! oubliez-vous donc, madame, qu'il ne s'agit point de vous, que ce
n'est pas votre repos, votre honneur qui sont
menacés ; ainsi, quittez, de grace, cette posture humiliée et craintive, cessez de tenir la
tête courbée devant moi : je ne vous ai pas
appelée ici, croyez-le bien, pour vous
voir suppliante et victime ; et s'il vous faut
un gage sacré de mon respect, je vous
donne ma parole d'homme d'honneur, ma
parole de soldat, que vous n'avez rien à redouter de ma part qui puisse être pour vous

**

une offense ou vous causer le plus léger effroi.
Expliquons-nous donc à visage découvert,
franchement et loyalement.

Elle obéit et se redressa lentement; toute
sa physionomie exprimait une surprise que,
du reste, elle ne cherchait pas à dissimuler;
mais son étonnement dura peu, soit qu'elle
soupçonnât un piége sous ces promesses de
respect, soit qu'un sentiment plus violent
étouffât et dominât en elle tous les autres;
elle regarda bien en face son interlocuteur,
épiant, dans les yeux de cet homme, le secret de sa pensée; il y eut encore un moment
de silence entre les deux personnages de cet
étrange rendez-vous. Durant ce muet examen il demeura, lui, impassible, impéné-
trable.

— Eh bien! dit la jeune femme avec une
sorte d'emportement, parlez donc, monsieur, car c'est à vous d'expliquer maintenant
ce que signifie cette lettre.

En même temps, et sans cesser de le con-

sidérer attentivement, elle tira de dessous
l'un de ses gants un papier qu'elle y tenait
caché.

— Oui, cette lettre, reprit-elle, qui me
rend si malheureuse depuis que je l'ai reçue.

Comme la réponse à sa question tardait
trop à son gré, elle déplia la lettre et lut :

« Je tiens entre mes mains l'honneur de
« votre famille !

— Cela est vrai, madame.

« Une preuve écrite, continua la jeune
« femme en parcourant des yeux cette lettre
« qu'elle savait par cœur ; la preuve maté-
« rielle d'un crime, d'une bassesse qui, si
« elle échappe maintenant à la loi, n'en atti-
« rera pas moins sur son auteur la flétris-
« sure du mépris public. Cette preuve est
« en mon pouvoir !

— Cela est encore vrai, madame. Pour-
suivez, je vous prie...

« Je vous laisse le soin de décider vous-
« même quel est l'usage que j'en dois faire.

« Songez que si vous ne venez pas chez moi,
« ce soir même, à neuf heures, je n'écouterai
« que le conseil du désespoir, et que celui
« qu'il me donnera sera funeste à votre
« époux. D'un mot je puis le perdre ! Eh
« bien ! madame, si vous méprisez le conseil
« que je vous donne, si vous manquez au
« rendez-vous que je vous demande, ce mot
« fatal, je le prononcerai ; croyez-le bien ! »

— Oh ! cela est bien vrai aussi, répéta-
t-il froidement, je le jure, si je ne vous avais
pas vue ce soir, dès demain....

— Mais me voici, interrompit-elle avec
anxiété, vous voyez bien que j'ai eu peur, et
je suis venue. Cependant, s'il ne se fût agi
que de moi, j'aurais bravé la menace que
votre lettre renferme, et vous m'auriez at-
tendue vainement. Il n'a fallu rien moins que
l'espoir d'arracher mon mari à un danger
imminent, quoique je ne connusse ni la
cause ni la nature de ce danger, il a fallu
aussi que mon mari fût absent, pour que je

me hasardasse à cette démarche si extraordinaire, qu'il me semble que je me suis
rendue coupable rien que pour l'avoir tentée.
Mais je suis devenue folle, monsieur, oui,
folle d'épouvante en recevant votre message ;
toute la journée, des images sinistres ont
passé devant mes yeux, des pensées lugubres
ont assailli mon esprit ; et durant la route,
en venant ici, oh ! vous ne pouvez pas savoir
tout ce que j'ai souffert !

— Pauvre Albertine ! dit le mystérieux
donneur de rendez-vous en la regardant avec
tendresse et compassion.

Surprise de s'entendre appeler d'un nom
qui était bien le sien, mais que l'intimité la
plus familière pouvait seule se permettre avec
elle, la jeune femme leva un moment les yeux
sur son interlocuteur, comme si elle eût voulu lui demander compte de cette hardiesse,
qui touchait de si près à l'impertinence ;
mais ramenée par sa première inquiétude,
au véritable motif de sa visite, elle reprit :

—Oui, j'ai souffert; mais qu'importe,
me voici, vous demandant, ce qui est déjà
une faute envers lui, quel crime a pu commettre l'homme estimable, l'homme justement honoré dont je porte le nom. Au surplus, ce crime, je fais mieux que de n'en pas
douter, je le nie! oui, monsieur, je le nie
en dépit de votre lettre, et de vos assertions
réitérées de tout à l'heure.

Ah! certainement j'ai été folle, mais
ce fut de croire à une telle fable, continua-
t-elle s'enhardissant dans cette pensée con-
solante, et je jurerais à présent...

— Ne jurez pas, madame; c'est être in-
sensé que de nier ce qu'on ignore.

— Et comment pouvez-vous savoir ce que
je ne sais pas, moi? comment, à quel titre,
par quel hasard connaîtriez-vous la conduite
de mon mari, moi sa femme; vous un
étranger?

— Un étranger, répéta-t-il; et il sourit
avec amertume.

Ce sourire sembla frapper la jeune femme comme une de ces vagues perceptions du passé, qui ne sont pas encore le souvenir, mais qui l'éveillent; et elle continua de scruter la physionomie de l'ancien soldat avec un redoublement de tenacité.

— Un étranger! dit-il encore; je ne l'étais autrefois ni pour vous, ni pour lui, madame; mais le temps est un grand maître en fait d'ingratitude et d'oubli! Vous avez tous deux subi la loi commune, m'en plaindre serait aussi ridicule qu'inutile, je le sais, et d'ailleurs mieux vaut peut-être que votre mari soit parvenu à effacer de sa mémoire mon nom et mon souvenir; c'est un remords, du moins, qu'il s'est épargné.

— Un remords! répliqua-t-elle d'un ton profondément blessé, un remords! vous êtes cruel, monsieur; en admettant, ce que je ne crois pas, que le mot soit juste et vrai, est-ce donc à moi que vous devriez le faire entendre? Il faut, ou que vous me connais-

siez bien peu si vous espérez que vos paroles
pourront porter atteinte à l'estime , à la tendresse que j'ai vouées à mon mari , ou que
vous ayez dans le cœur une haine étrange
dont je ne comprends ni le motif ni le but.

— Vous ne croyez pas , madame : vous
allez croire. Vous ne comprenez pas : vous
allez comprendre. Veuillez m'écouter.

Il rapprocha son siége de la causeuse , et
reprit :

II

L'HONNEUR DU MARI.

« Il y a onze ans , madame , j'en avais
trente alors , je vivais ici , à Rouen. Enfant
de la ville , appartenant à une famille riche
et considérée , ce n'étaient pas les plaisirs
qui me faisaient faute, c'est moi qui manquais
aux plaisirs ; car j'étais triste , car une mélancolie profonde , dont seul j'avais le secret,
s'était depuis long-temps emparée de mon
âme , et en dépit de mes efforts pour y échapper, elle me suivait partout.

« Cependant, je ne fuyais pas le monde :
d'abord, parce que je ne voulais pas m'exposer à des moqueries ; ensuite, parce que, au
besoin de m'étourdir que je ressentais impérieux et nécessaire, se joignait je ne sais
quelle espérance de trouver dans le monde
un baume pour mes blessures, une consola-
tion pour ma douleur. Cette espérance ne fut
pas déçue, le ciel me prit en pitié. Dans une
des maisons que je fréquentais le plus assidû-
ment ; un soir, il me semble que j'y suis encore, une jeune fille parut, et un murmure
flatteur l'accueillit ; je la vis, elle était belle. »

Ici la voix du soldat devint plus douce,
son regard qu'il attachait toujours sur la
femme qui l'écoutait avec curiosité et surprise, son regard, disons-nous, s'abaissa
timidement et prit une expression si caressante et si réservée, qu'on eût dit le regard
d'une orpheline en prière, devant une sainte
image qui ressemble à la mère qu'elle a perdue.

« Oui, elle était belle ! continua-t-il, mais
ce qui m'enhardit à la regarder surtout, ce
fut la candeur ingénue de ses traits, la pu-
reté écrite sur son front, et dans toute sa personne une grâce si naïve, si touchante, quelque chose de doux et de bon, enfin, qui fait
du bien à regarder ; ce quelque chose que
l'on cherche dans les traits d'une sœur, et
dont on se plaît à embellir par avance l'enfant que l'on espère.

« C'était sa première entrée dans le monde,
et elle y apportait, avec une rare distinction
de manières et de langage, toute la franchise
de ses dix-sept ans. J'appris qu'elle sortait
d'un pensionnat célèbre de Paris, où elle
avait reçu la plus brillante éducation.

« Défiant comme le sont les malheureux
dont les croyances ont été brisées une à une,
je ne m'en tins pas à la première impression
produite sur moi par la vue de cette jeune
fille, je l'étudiai, je voulus m'assurer que
son âme répondait aux promesses de son vi-

sage, car je me sentais attiré vers elle par
un charme invincible. Jamais plus douce
étude ne fut payée d'une plus délicieuse récompense : la jeune fille dont je vous parle
était bien réellement telle que je l'avais devi-
née au premier coup-d'œil.

« Je l'aimai !

« Néanmoins je combattis cet amour, car
une fatale expérience m'avait appris que
chacune de mes affections éprouvées, devait
se tourner pour moi en une amère déception;
je luttai vainement; car je l'aimais! je l'aimais! et cette passion me faisait renaître à
une vie nouvelle. Oui, moi qui me croyais
mort pour toutes les joies, j'oubliai si bien
mon triste passé, que l'expérience me fit
défaut, et j'osai espérer en celle qui m'était
promise, ou plutôt que je me promettais à
moi-même. Mais, cela, je pouvais le faire
sans trop d'orgueil : nos deux familles se
connaissaient, ma fortune était de beaucoup
supérieure à la sienne. Ainsi donc, un ma-

riage entre nous ne devait rencontrer aucun obstacle.

« Mais pardon, madame, ces détails vous fatiguent, ils vous paraissent fastidieux, je le conçois, et je n'ai pas le droit de m'en plaindre. Ce que je vous raconte n'a pas le bonheur de captiver assez votre attention pour que vous me prêtiez une oreille plus attentive. »

En effet, l'esprit de la jeune femme cherchait à suivre autre chose que le fil du récit; tantôt fixant sur le narrateur un regard timide, tantôt s'interrogeant elle-même, elle était en proie à cette sorte de mécontentement inquiet que nous éprouvons alors qu'au moment de saisir le mot d'une énigme longtemps demandé à notre pénétration, ce mot vient encore à nous échapper. Rappelée à elle-même par les dernières paroles de celui qu'elle était bien sûre maintenant de ne pas voir pour la première fois, elle lui demanda, d'un geste, grâce pour sa préoccupation involontaire, et le pria de continuer.

« Pour arriver à ce mariage objet de tous mes vœux, poursuivit-il, je n'avais réellement qu'à me faire aimer de la jeune fille : le consentement de ses parens et des miens aurait suivi de près la première parole d'encouragement qu'elle m'eût adressée. Sans me prononcer d'une manière positive, je mis dans les soins que je lui rendais, un empressement plus marqué, une délicatesse plus attentive : si elle daigna s'en apercevoir, si elle fut touchée des hommages d'un amour respectueux, l'avenir m'a appris que je pouvais en douter peut-être? mais je croyais alors qu'elle avait su me comprendre ; il me semblait qu'elle n'était point insensible à ces preuves discrètes de la passion véritable qu'elle m'avait inspirée, et j'étais heureux, bien heureux !

« Cependant la fortune me gardait un de ses coups les plus rudes ; échappé, quelques années auparavant, à force d'or et de pro-

tections puissantes, au service militaire, qui
à cette époque n'épargnait personne, je me
trouvai plus tard si ennuyé, si fatigué de la
vie, que je sollicitai, au commencement de
l'année 1811, l'honneur de mourir soldat.
Je n'ai pas besoin de vous dire que ma
demande avait précédé mon amour. Cette
demande resta plusieurs mois sans réponse :
elle avait été égarée sans doute, ou plutôt
retirée à mon insu par mon père, dont j'étais
demeuré l'unique enfant ; je le pensais, ou,
pour être plus vrai, je n'y pensais plus,
lorsqu'un jour je reçus l'ordre de me rendre
à mon régiment, en garnison dans une des
places fortes de la frontière de la Hollande.
Que faire ? il était impossible de ne pas obéir :
reculer devant ce que j'avais sollicité moi-
même, c'eût été me couvrir de honte, m'exposer à des doutes injurieux pour mon
courage. J'obtins seulement, et à grand'-
peine, une ou deux semaines de délai. Mais
pouvais-je choisir ce moment pour avouer

mon amour? n'était-ce pas laisser une douleur pour adieu à celle qui en était l'objet,
et à qui, j'osai le croire, je n'étais pas indifférent? La guerre venait d'éclater de nouveau; je me serais reproché comme un crime
d'associer, même par la pensée, celle que
j'aimais, aux dangers que j'allais courir;
aussi, je gardai le silence. Mon cœur fut le
confident auquel je remis en dépôt mon secret, mon trésor. Pourquoi n'a-t-il pas été le
seul, pourquoi un autre, et celui-là... »

Il s'arrêta, dominé par une vive émotion;
mais bientôt il réussit à la dompter et poursuivit :

« Celui-là, qui devait si lâchement abuser
de ma confidence, c'était un ami d'enfance,
un compagnon de jeunesse, d'études et de
plaisirs, c'était pour moi mieux qu'un frère.
Je l'avais appelé à Rouen; il était venu, et
je mettais tous mes soins à lui rendre agréable son séjour dans notre ville. Toutes les
portes m'étaient ouvertes, elles s'ouvrirent

toutes pour lui; je lui fis partager mes relations, mes amitiés, tout enfin! Présenté par
moi, il fut reçu partout comme je l'étais
moi-même, et je jouissais plus que lui, peut-
être, du bon accueil que chacun lui faisait.

« La veille de mon départ, le 18 mars,
cette date est écrite dans mon cœur en caractères ineffaçables, le 18 mars, au milieu
d'une réunion brillante dont mon départ était
le motif, ou du moins le prétexte, ne pouvant plus contenir cet amour qui débordait
de mon âme, j'attirai mon ami dans l'embra-
sure d'une fenêtre, et de là, par un geste
dont je ne fus pas le maître, lui désignant
celle dont le nom venait incessamment à mes
lèvres : « Tu vois bien cette jeune fille, lui
dis-je, eh bien, si le ciel veut que je re-
vienne ici, c'est elle, elle seule qui sera ma
femme, car je n'aimerai jamais qu'elle !

« La jeune fille dont je parlais avec passion, mais avec discrétion à mon ami, on
l'appelait alors mademoiselle Albertine de

Gerlis, c'était vous! l'homme à qui je confiais mon secret, cet ami sincère et dévoué, se nommait Charles Dubreuil; et quelques mois seulement après mon départ, il était votre époux, madame!

— Attendez! s'écria-t-elle, attendez!.. oui, ce que vous venez de me dire, je me le rappelle maintenant. C'est vous, Edouard Monville; est-il bien possible, mon Dieu! et je ne vous avais pas reconnu!

— La faute n'en est pas à vous, madame, je ne dois en accuser que les années; car je suis bien changé, j'en conviens!...

— Tout le monde ici vous a cru mort ou prisonnier, dit-elle, avec plus d'émotion qu'elle n'eût voulu en laisser paraître.

— Il est fâcheux, sans doute, pour certaine personne que tout le monde se soit trompé, répliqua-t-il d'un ton ironique. La mort! je n'ai demandé, je n'ai cherché qu'elle après la désolante nouvelle de votre mariage; mais la mort n'a pas voulu de moi. La prison!

on y devient fou quelquefois, m'a-t-on dit;
c'eût été un bienfait pour moi que de ne plus
penser à vous, que de ne plus me souvenir
du passé; mais la prison n'a pas voulu de
moi non plus. Enfin la paix générale fut
signée; on nous fit accepter un roi en échange
de tant et tant de belles conquêtes, qu'on re-
prenait sur nous, et comme rien ne m'attirait
ici, car mon père était mort, sans doute du chagrin de mon absence, je me fixai au fond de
l'Allemagne, dans un village où j'étais resté
long-temps malade d'une blessure, lors de
la grande retraite. Là, je vécus en travaillant,
j'espérais tuer le souvenir à force de fatigues;
peines inutiles, le souvenir me torturait toujours! Enfin après une lutte de plusieurs
années, je fus pris, il y a quelques mois, d'un
désir tellement invincible de revoir mon pays,
de vous revoir, madame, mais de vous revoir
ainsi que je vous vois là seule avec moi, que
je dus y céder et je suis revenu. »

Madame Dubreuil, après avoir écouté

l'étrange confidence d'Edouard Monville,
s'était laissé emporter, nous l'avons vu plus
haut, à un sentiment voisin de la sympathie,
premier mouvement dû à ce qu'avait d'im-
prévu une telle reconnaissance ; mais pendant la dernière partie de ce récit qu'elle entendit à peine, elle réfléchit, puis se levant,
elle dit d'une voix calme :

— Monsieur, quand je suis sortie de chez
moi il y a une heure, je tremblais, car je
me croyais déjà coupable, je vous l'ai dit ;
et pourtant, dans ma pensée, c'était vers un
étranger, vers un inconnu que je venais. La
menace faite à mon mari, à l'honneur de ma
famille, excusait, si elle ne la justifiait pas
complètement à mes yeux, la hardiesse de
ma démarche ; mais vous êtes cet étranger,
vous, monsieur, mais vous m'avez révélé un
secret que le trouble seul où j'étais m'em-
pêcha d'arrêter au premier mot ; vous devez
comprendre que rester ici plus long-temps,
seraitpour moi-même une grave imprudence,

et pour le père de mon enfant, pour l'homme
que j'aime et qui m'a donné son honneur à
garder, une tache, qui, bien qu'ignorée,
me ferait baisser les yeux et rougir devant
lui : veuillez donc oublier que je suis venue,
comme je m'efforcerai de l'oublier moi-même.
Adieu, monsieur. En même temps, elle fit un
pas vers la porte du cabinet ; Edouard la regardait avec un singulier sang-froid ; il resta
les bras croisés sur la poitrine ; puis, sans
faire un geste qui témoignât ou la surprise ou
l'intention de la retenir, sans sortir de cette
immobilité qui lui donnait l'apparence d'une
statue, il lui dit seulement :

— Vous ne sortirez pas, madame !

— Il faudrait employer la violence pour
me retenir, répliqua-t-elle en redressant la
tête avec une noble fierté, et en appuyant sur
lui un regard de défi ; sera-ce vous,
monsieur, qui aurez recours à un tel moyen
contre une femme?

— Non pas, madame, c'est de votre

propre et libre volonté que vous resterez.
Oubliez-vous donc que je suis maître de la
réputation, de l'honneur de votre époux?
oubliez-vous que dès demain, si je dis un
mot, Charles Dubreuil, l'homme estimé, le
négociant honoré de tous, sera, aux yeux de
tous, un misérable, un infâme? Vous resterez, vous dis-je.

La jeune femme retomba sans force sur la
causeuse.

—Mais, reprit-elle avec désespoir et
cherchant à lutter encore contre cette épouvantable menace, mais c'est un piége horrible que vous m'avez tendu là, monsieur;
vous m'avez forcée de venir chez vous pour
vous entendre me parler librement d'un
amour que partout ailleurs j'eusse contraint
au silence; et maintenant que j'ai tout entendu, maintenant que je veux partir, vous
abusez de la crainte qu'ont pu m'inspirer les
termes de votre lettre; vous me voyez faible,
effrayée, et vous répétez les mêmes paroles

pour que je reste, pour que je vous écoute
encore; ainsi, pour m'attirer en ces lieux,
pour satisfaire la haine certainement injuste
dont mon mari est l'objet, vous n'avez pas
reculé devant le mensonge : l'exagération de
ces mots : crime et infamie, que je lis dans
votre lettre, suffit pour me prouver la fausseté de votre accusation. Descendre à la ca-
lomnie, m'imposer une torture morale pour
enchaîner ma volonté, savez-vous, monsieur,
que c'est une action bien lâche?

— Tout à l'heure, vous me jugerez
mieux, répondit Edouard Monville.

— Vous mentez; oui, vous mentez! répliqua vivement madame Dubreuil, s'attachant à sa dernière espérance comme un
naufragé à la planche de salut; osez soutenir ce que vous avancez, ce que vous avez
écrit!

— Je le soutiens, dit-il d'une voix affai-
blie.

— Mais la preuve! une seule preuve, celle

que vous prétendiez avoir entre les mains,
où est-elle? je la veux, je l'exige; c'est mon
droit!

—Pardon, mais dans l'état où vous êtes...
Edouard ne bougea pas; car, véritablement
touché du désespoir de celle qu'il avait tant
aimée, il semblait craindre d'aller plus loin.

—Ah! vous avouez donc que vous men-
tiez! s'écria-t-elle avec la joie du triomphe.
Tenez, monsieur, poursuivit madame Dubreuil, je ne risque rien de le dire ici, autrefois, et certes, sans connaître les sentimens que vous prétendez avoir eus pour
moi, autrefois je vous croyais le cœur noble
et bon, vous m'inspiriez de l'estime, mais
aujourd'hui...

Un sourire amer, un geste écrasant de
mépris complétèrent sa pensée.

Le courage de l'accusateur ne tint pas
contre cette dernière épreuve; il se leva
impétueusement, et d'une voix que la colère
rendait sourde et tremblante, il répliqua:

— C'est vous qui le voulez, madame ! En vous appelant près de moi, je comptais sur une force que l'aspect de votre douleur m'a enlevée un instant ; mais en cherchant à me rabaisser, vous venez de me rendre toute mon énergie. Une preuve, avez-vous dit? Eh bien! je vous la donnerai ; mais vous vous souviendrez que c'est vous qui l'avez voulu.

Il dit, courut au secrétaire, en tira un coffret qu'il revint poser sur la cheminée ; il ouvrit ce petit meuble, y plongea une main convulsive ; mais, comme il ne trouvait pas assez vite ce qu'il y cherchait, il roula une table devant madame Dubreuil, et, sur cette table, il renversa le coffret, d'où s'échappèrent une foule de lettres et de papiers de toutes formes, de toute dimension, pliés et roulés avec un soin minutieux. Il se mit à les parcourir rapidement.

Quant à la jeune femme, pâle et tremblante déjà, elle avait frémi de nouveau, et

pâli plus encore en écoutant les dernières
paroles d'Edouard : celui-ci continuait ses
investigations avec une impatience crois-
sante ; il bouleversait, éparpillait cet amas
de papiers et de lettres, courant de l'un à
l'autre, interrogeant les moindres apparen-
ces, et éloignant, par excès de précipita-
tion, l'objet dont la découverte importait
maintenant à son honneur.

— Ce papier est là, pourtant! il est là,
j'en suis certain! répétait-il à chaque dé-
convenue; un peu de patience, madame,
s'il vous plaît ; il ne peut long-temps se soustraire à ma perquisition; mais il est si petit,
que sans doute il se sera glissé dans un
autre. Allons, reprit-il, j'aurai plus tôt fait
ainsi.

Et il procéda avec ordre et méthode, cette
fois, à un nouvel examen. Madame Dubreuil suivait tous ses mouvemens d'un œil
inquiet et effrayé ; l'impatience d'Edouard
redoublait ; mais bientôt elle fit place à l'in-

dignation, à la colère: les muscles de son visage se contractèrent violemment, tout son corps trembla, et, froissant une lettre dont il venait de parcourir quelques lignes, il ne put étouffer une exclamation, ou, pour mieux dire, un gémissement plaintif.

— Qu'avez-vous? demanda-t-elle avec une sorte d'intérêt.

— Pardon, répondit-il se remettant tout à coup; mais cette lettre est de mon frère, d'un frère aîné qui n'est plus.

— Oh! je conçois: la douleur de sa perte...

— Oui, madame, oui, la douleur! une douleur poignante qui se réveille aussitôt que le souvenir de mon frère revient à ma pensée; car, ce frère que j'aimais, c'est lui qui m'a enlevé l'amour de ma mère à force d'hypocrisie et de mensonges! C'était un digne frère, n'est-ce pas? mais ce n'est là que ma première affection trahie. Attendez.

Et, comme emporté malgré lui par la vo-

lupté cruelle de raviver les blessures de son
cœur, il poursuivit :

—Oui, attendez ; cette autre lettre que
vous voyez, elle est de la première femme
que j'ai aimée : oh ! celle-là était belle aussi !
je la croyais pure... Une tête de vierge,
une âme de courtisane... des fleurs sur de la
boue !... Quant à ce papier, continua-t-il,
ce n'est rien ; rien que la récompense seulement de mon premier service rendu : une
dénonciation qui pouvait faire tomber ma
tête !... Il y a long-temps de tout cela ; j'é-
tais bien jeune, et, cependant, chacune de
ces plaies saigne encore ; regardez, madame,
tous les papiers, toutes les lettres qui cou-
vrent cette table : autant de preuves d'ingratitude, de perfidie, de fausseté, de lâche
égoïsme, qui ont payé ma confiance, ma
tendresse, ma bonne foi, mon dévouement.
Ah ! vous l'avouerez, j'ai fait un triste ap-
prentissage de la vie.

—Comme il a dû souffrir ! pensa madame

Dubreuil, ne pouvant se défendre d'une
vive compassion pour cette âme en peine qui
étalait ainsi toutes ses douleurs devant elle.

— C'est un singulier et précieux reli-
quaire que le mien ! continua Edouard Monville. Il est des gens qui entassent des souvenirs doux et touchans pour garder à leur
vieillesse quelques rayons du joyeux soleil
de leurs jeunes années ; j'aurais voulu faire
comme eux ; mais je ne l'ai pas pu, moi !
alors, je me suis jeté d'un autre côté : j'ai
conservé avec un soin religieux tous les té-
moignages des trahisons dont je fus la victime ; certes, mes archives sont nombreuses,
car chacun a pris soin de fournir sa part du
trésor. Eh bien ! le croiriez-vous ? pas une
des leçons de l'expérience ne me fut une
sauve-garde pour l'avenir. Toujours con-
fiant, trompé toujours, voilà ma vie. Ah ! si
je voulais raconter les faits qui se rattachent
à chacune de ces lettres, à chacune de ces
notes léguées à ma mémoire par la lâcheté et

la bassesse, je déroulerais une bien triste
page de l'histoire de l'humanité; on dirait,
j'en ai la conviction, que mon récit n'est que
le rêve d'une imagination malade ; on crie-
rait au délire, à la misanthropie, à l'exagération; on m'accuserait de mensonge, et
pourquoi les autres ne me diraient-ils pas :
vous mentez ?... vous me l'avez bien dit,
vous, madame!

— Monsieur, de grâce!... interrompit-
elle, et pour mettre un terme à ce déborde-
ment de colère qu'elle ne comprenait pas, et
pour rappeler Monville à l'objet de ses recherches.

— A défaut du bonheur et de l'espérance
qui semblaient se fermer devant moi, reprit-
il sans tenir compte de l'angoisseuse impatience de madame Dubreuil, force m'était
bien de me réfugier ailleurs. J'ai donc ra-
massé ce trésor de haine et de mépris qui
me fait vivre, et quand il m'arrive de faiblir,
quand je me sens pris d'un besoin presqu'in-

vincible de pardonner à ceux qui ont semé
ma route de déceptions et d'impostures, je
consulte mon trésor, et le mépris et la haine
se réveillent dans mon cœur.

— Par pitié, monsieur, s'écria la jeune
femme, laissez-là tous les autres, et finissez-
en avec moi !

Il courba la tête, étouffa un soupir, et
garda un instant le silence. Puis, comme
saisi d'un transport frénétique, il continua
cette recherche si long-temps interrompue.
Tout à coup, il dit :

— Je le tiens, enfin !.....

Madame Dubreuil tressaillit ; ce fut un
moment solennel.

Alors, Edouard se pencha vers la jeune
femme, tenant à la main une bande de papier
longue et étroite qu'il déroula avec soin ; il
dit en lui montrant deux ou trois lignes tra-
cées dans le sens de la largeur, avec une signature au bas :

— Quel nom voyez-vous là, madame ?

— Le vôtre, répondit-elle, plus morte que vive ; le vôtre : ÉDOUARD MONVILLE.

— Et ici, madame ? Il lui présenta la bande de papier dans un sens différent.

Là aussi se trouvaient quelques lignes ; mais horizontales, et suivies, comme les premières, d'une signature.

— CHARLES DUBREUIL, le nom de mon mari.

— Au premier coup-d'œil, on ne douterait certainement pas que tous ces caractères n'aient été tracés par deux mains différentes ; que vous en semble ?

— Mais oui, dit-elle d'une voix singulièrement émue ; il y a là deux écritures différentes, et la preuve, c'est qu'il y a deux signatures.

Edouard sourit encore une fois ; il leva les épaules en signe de pitié ; ensuite, il poursuivit d'une voix tonnante :

— Eh bien ! ce que vous voyez-là, c'est un faux, madame ! et le faussaire est Charles Dubreuil, votre mari !

— Faussaire! répéta-t-elle, faussaire,
lui!...

Et la voix lui manqua; muette, les yeux
hagards, comme frappée de vertige, elle s'é-
lança par un effort convulsif, saisit la lettre
de change, l'examina dans tous les sens,
parut comparer les deux écritures, et ne re-
trouva la parole que pour prononcer ce mot :

— Impossible !

— A la première vue, sans doute, repartit
l'impitoyable révélateur, on pourrait croire,
avec un peu de bonne volonté, qu'il y a là
deux écritures, puisque, ainsi que vous-même
l'avez observé, il s'y trouve deux noms ;
mais un regard exercé ne saurait se tromper
si grossièrement; il remarquerait bientôt,
entre les caractères, de notables ressem-
blances ; tout le monde vous le dira : ceci est
l'œuvre d'un maladroit. Quand on aborde le
faux, on doit avoir la main plus habile ;
voyez vous-même!

Il lui tendit de nouveau le papier qu'il

avait doucement tiré de ses mains. Elle ferma les yeux et détourna la tête.

— Comment ce papier est-il en mon pouvoir? continua-t-il, je vais vous en instruire, madame; du reste, l'explication ne sera ni longue ni difficile.

Avant de commencer, il eut soin de se placer de manière à ne pas avoir devant les yeux ce visage désolé, comme s'il eût craint de se trouver face à face avec un remords.

— Il y a long-temps de cela, dit-il, la date de ce billet le prouve. Je vous ai dit, je crois, que nous avions été compagnons d'enfance, Charles Dubreuil et moi; éloigné par ma mère de la maison paternelle, j'avais été placé dans une pension à Lisieux, la ville natale de votre mari; nous nous étions liés de cette franche et bonne fraternité du premier âge, qu'il faut bien, tôt ou tard, oublier dans le monde. Après quelques années de séparation, nous nous retrouvâmes jeunes gens à Paris, et notre ancienne

liaison redevint ce qu'elle était autrefois :
une intimité parfaite, et cela en dépit, ou
peut-être en raison de la différence de nos
goûts et de nos caractères.

Charles était brusque, emporté, violent,
mais sa brusquerie, sa violence même semblaient de la franchise, et la marque d'un bon
naturel, gâté seulement par une éducation
mauvaise. Il fréquentait certaine société que
je ne qualifierai pas, et dont je m'efforçai de
le détourner; il m'était pénible sans doute
de voir mes conseils mal accueillis, mais je
me disais : tôt ou tard il finira par s'effrayer
des dangers que je lui signale, et il reviendra
à une conduite plus régulière. D'ailleurs, il
paraissait m'aimer, et l'amitié est chose si
précieuse, surtout pour moi, qui avais, je
vous l'ai dit, madame, rencontré, un ennemi
dans mon frère! que je n'aurais pas voulu,
pour beaucoup, renoncer à celle de Dubreuil.
Et puis, étais-je vraiment plus sage que lui?
s'il se livrait aux plaisirs avec fureur, moi,

je m'étais jeté dans des spéculations indus-
trielles; il faisait des dépenses folles, qui du
moins lui donnaient du bonheur, de la joie;
moi, je risquais, dans des combinaisons ha-
sardeuses, des sommes assez considérables,
qui ne me rapportaient, pour le plus souvent,
que cette fiévreuse et continuelle agitation,
conséquence inévitable de mes combats avec
la fortune; agitation dont j'avais besoin cependant; car, Charles excepté, rien ne comptait dans ma vie désenchantée.

Je connaissais, à Paris, un banquier, ami
de ma famille, à qui mon père m'avait si bien
recommandé, qu'il pourvoyait généreusement à toutes les dépenses auxquelles mes
spéculations m'entraînaient; mes demandes
d'argent, quelque multipliées qu'elles fus-
sent, ou sous quelques formes qu'elles lui par-
vinssent, étaient toujours bien accueillies. Je
le voyais peu, cependant, cet ami, et jamais
il ne m'avait rendu visite; aussi fus-je bien
étonné, lorsqu'un matin je le vis entrer chez
moi; il m'apportait cette lettre de change,

madame, qui avait été présentée et payée chez lui, la veille, sans examen.

Je n'eus pas de peine à comprendre que le malheureux Dubreuil, dans un impérieux besoin d'argent, ayant peut-être contracté au jeu une de ces dettes que l'on ne craint pas d'appeler dettes d'honneur, et se voyant sans ressources, avait perdu la tête au point de recourir à ce honteux expédient, comptant d'une part sur la facilité du banquier pour atteindre son but, et, de l'autre, sur ma propre insouciance pour n'avoir pas à redouter plus tard une révélation fatale. Mais si l'intelligence des motifs de sa faute commise, vous le voyez, dans un espoir trompeur de sécurité, si cette intelligence m'arriva sur-le-champ claire et complète, ce fut en même temps un rude coup, je vous assure; l'amitié ne doit-elle pas avant tout reposer sur l'estime? et c'est avec un désenchantement douloureux que je voyais Charles Dubreuil tomber si bas dans la mienne.

Cependant, le banquier ne parlait rien
moins que de livrer le coupable à la justice;
je le priai, je le suppliai, je mis en œuvre
toute mon éloquence pour qu'il consentît à
ne pas perdre un homme pour une action qui,
après tout, pouvait n'être que ce que j'ap-
pelai une erreur de jeunesse, le malheureux
résultat d'une heure d'égarement, un mauvais calcul de l'esprit, mais dont la corrup-
tion du cœur n'était pas complice.

Le banquier avait l'âme bonne, il céda.

Désintéressé par moi, qui heureusement
avais reçu, quelques jours auparavant, une
somme assez considérable de mon père,
M. Bruneau, c'est ainsi que se nommait le
banquier, M. Bruneau, dis-je, alla, suivant
nos conventions, trouver Dubreuil, il lui
représenta d'une façon toute paternelle les
conséquences fatales qu'aurait pu avoir sa
conduite avec tout autre créancier, et finit
par lui dire que ce n'était plus qu'une affaire
à régler entre eux. M. Bruneau s'engagea

en même temps à laisser au faussaire tout
le temps nécessaire pour s'acquitter. Enfin,
il laissa Charles, ému de repentir et de reconnaissance, mais il voulut garder, à ce
qu'il prétendit du moins, la lettre de change
qui devait lui servir de garantie.

En disant cela, le brave homme mentait ;
car cette lettre était restée entre mes mains.

Lorsqu'au bout de quelques mois, Dubreuil se présenta pour payer sa dette, le
banquier était mort, mais son fils, qui lui
avait succédé, ne voulut pas recevoir l'argent du débiteur, affirmant qu'il n'avait jamais eu en sa possession l'effet dont il parlait,
et qui, sans doute, avait été brûlé par mé-
garde avec beaucoup d'autres papiers, deux
jours avant la mort de son père.

Déjà plein de défiance, et comme si
j'eusse deviné que le ciel me réservait bien
des épreuves de ce genre, j'avais gardé ce
témoignage de ma seconde affection trahie :
un frère et un ami : je commençais heureusement la vie, qu'en dites-vous ?

De son côté, rassuré et bénissant l'homme
qui s'était si généreusement constitué son
sauveur, Charles ne conçut aucun soupçon,
car, ne voulant pas qu'il eût à rougir devant
moi, je ne changeai rien à mes manières
d'être avec lui; enfin, les années s'écoulant,
j'en vins à tout oublier; je lui rendis, pleine
et entière, mon amitié qu'il n'avait froissée
qu'une seule fois. Oui, madame, je lui avais
pardonné, et depuis, pour me ressouvenir
de son crime, il a fallu qu'une nouvelle trahison, mille fois plus coupable que la première, se chargeât de me rendre la mémoire.
Pourquoi l'a-t-il voulu? quelle vengeance
avait-il à exercer contre moi? »

La rapidité de cette explication donnée
tout d'une haleine par Édouard Monville,
ne lui avait permis ni de voir le décourage-
ment profond de madame Dubreuil, lorsqu'il en était venu à la terrible accusation,
ni de surprendre, à ses dernières paroles,
comme une expression d'espérance qui se

refléta sur les traits bouleversés de la malheureuse femme.

— Il a pardonné une fois, pensa-t-elle, il peut bien pardonner encore.

Elle se tourna vers Edouard, et avec douceur, prière et résignation, elle lui dit :

— Je vous crois, maintenant, monsieur; il faut bien que je vous croie! Non, je ne doute plus, car il est impossible que tout ceci soit inventé à plaisir. J'ignore seulement dans quel but vous avez fait luire à mes yeux cette déplorable lumière; mais n'abusez pas d'une arme qui me tuerait, monsieur, si vous aviez la cruauté de vous en servir pour blesser à mort la réputation d'honnête homme que monsieur Dubreuil a depuis si bien méritée.

Il ne répondit pas, elle continua :

— Le mot pardon est sorti déjà de votre bouche, vous le prononcerez encore; la haine qui survit aux années n'est pas un sentiment humain; et sur ce que vous appeliez

tout à l'heure, vous-même, l'erreur d'un moment, pour une faute de jeunesse, enfin,
vous ne perdrez pas celui qui fut votre ami.
Non, vous ne ferez pas cela !

Monville sourit dédaigneusement, et laissa
tomber, comme un arrêt impitoyable, ces
trois mots :

— Je le ferai.

— Ah ! quel affreux désir vous possède
donc, monsieur, pour que vous veniez me
dire : je perdrai votre mari, à moi, sa
femme? mais, je le vois, son nom seul vous
irrite ; tenez, je ne parlerai plus de lui,
je plaiderai seulement ma cause, la cause de
mon enfant surtout! de ma fille, d'un ange
sur le front duquel vous poseriez froidement
une marque d'infamie. Dites, les innocens
paieront-ils pour le coupable? et je l'avoue
coupable, puisqu'il faut bien que je me ré-
signe à croire qu'il le fut.

— Quant à moi, poursuivit-elle après un
nouveau silence, je suis innocente, vous le

savez bien : ce n'est pas un crime que d'igno-
rer l'amour que l'on inspire, et vous ne pouvez me punir d'avoir mis en oubli un sentiment que je ne soupçonnais pas ; cependant,
voyez quel est notre malheur à tous, votre
colère ne peut atteindre le père et l'époux,
sans atteindre en même temps et l'épouse et
la fille.

— Je le sais, interrompit vivement
Edouard ; je sais aussi que mon crime serait
plus grand que le sien, si j'allais abuser de
cette lettre, pour confondre dans le même
déshonneur et le faussaire, et la femme que
j'ai aimée, et l'enfant qui ne m'a point fait de
mal ; cela serait l'action d'un lâche, d'un
misérable.

—Ah ! s'écria Albertine, M. Dubreuil est
sauvé !

—Non, madame, reprit Édouard, car je
serai ce misérable, car je commettrai cette
lâcheté. Je vous fais horreur, mais songez-y,
quels ménagemens puis-je avoir pour ce

Charles Dubreuil, quand il m'a froissé ainsi
dans mon amitié pour lui, et blessé mortel-
lement dans mon amour pour vous ; toute
prière, pour le soustraire à la vengeance
que je tiens suspendue sur sa tête, serait
inutile ; je l'ai juré ! vous seule avez le droit
et le pouvoir de conjurer l'orage. Mais pour
que j'oublie ma haine, il faut que vous con-
sentiez à payer mon silence !

— Je n'ose vous comprendre, monsieur,
dit-elle avec un calme démenti par les batte-
mens de son cœur.

— Ne vous alarmez pas, madame : l'expression a trahi ma pensée ; ce que je demande, c'est seulement de vous voir, c'est
votre présence ici : chez moi !

— Mais c'est de la démence, répliqua la
jeune femme, indignée et admirablement
belle sous la rougeur qui couvrait son visage... Jamais je n'y consentirai : je le pourrais que je ne voudrais pas !

— Et moi, je le veux ! répliqua-t-il.

— Vous le voulez, monsieur? Ah! voilà
une violence qui révèle une noble délicatesse, en vérité! vous voulez contraindre par
la force mes sentimens? car vous ne le savez
pas, peut-être : mais j'aime mon mari, non
pas seulement par devoir, je l'aime par in-
clination, je l'aime d'amour, enfin! et vous
pouvez me croire; je ne sais pas mentir!

— Et il mérite bien cet amour, repartit
Edouard Monville d'un ton amer; car, ajouta-
t-il en suivant des yeux l'effet de ses paroles,
le Charles Dubreuil, d'aujourd'hui, vaut
mieux sans doute que celui d'autrefois; le
jeune homme aux emportemens furibonds,
aux manières grossières, produit de la fréquentation des mauvaises compagnies, ce
jeune homme a fait place, je me plais à le
supposer du moins, au mari le plus doux, le
plus aimable, à l'homme du monde plein de
distinction et d'exquise aménité, tandis que
moi... oh! quand je me rends compte de
l'œuvre du temps, et que je mesure la dis-

tance qui nous sépare , je vois bien que nous
sommes changés tous deux ; mais c'est lui
seul qui a gagné à la métamorphose.

Madame Dubreuil baissa les yeux , et
laissa sans réponse ces insinuations directes,
beaucoup trop personnelles , pour qu'il n'y
eût pas un égal péril à les repousser ou à les
admettre.

— Eh bien ! dit Edouard , qu'avez-vous
décidé? faut-il que cette lettre reste entre
mes mains, ou voulez-vous racheter, au prix
que j'y mets, la signature du faussaire?

— Je n'ai rien à vous répondre, monsieur,
puisque vous ne tenez aucun compte des
souffrances qu'il m'a fallu endurer aujour-
d'hui et de celles qui m'attendent encore...
puisqu'enfin vous vous obstinez à ne pas voir
mes larmes.

— Je suis bien égoïste, s'écria-t-il, oui,
bien profondément égoïste! car, touché de vos
prières et de vos pleurs, j'y veux résister cependant. Mais songez qu'après tant d'illusions

perdues, tant de félicités vainement espérées,
quand j'ai pu me dire encore : tout bonheur
n'est pas perdu pour moi, puisqu'il me reste
le pouvoir de la contraindre à venir chez moi,
ne fût-ce que pour une heure... Songez que
l'idée de vous savoir là, de vous entendre,
de posséder votre présence, loin du monde,
loin du bruit, comme un trésor à moi, à moi
seul, me rendrait capable d'un mensonge !
Or, dites, si je ne dois pas profiter d'une
vérité qui m'est si favorable. Tenez, Albertine, laissez-moi vous donner ce nom de vos
jeunes années, laissez-moi perdre le souvenir
de ce que vous êtes, pour me rappeler seulement que vous avez été pour moi Albertine
de Gerlis ! Ce que je veux, c'est ne plus voir
qu'elle en vous ; ce que je veux, c'est me réfugier dans le passé pour y vivre quelques
instans rapides et fugitifs, dérobés à la longue vie de douleur qui m'est encore destinée
peut-être. Vous le voyez, maintenant, je ne
suis plus l'homme dur et sans pitié qui s'est

montré à vous tout-à-l'heure ; je ne menace
plus, je supplie ; je n'exige plus, j'implore.
Albertine, je vous ai aimée, et vous seule ne
m'avez pas trompé, vous seule ne m'avez pas
trahi ; Albertine, je vous aime encore... Oh!
écoutez-moi : je vous aime, poursuivit-il avec
un ineffable accent de tendresse ; mais comme
autrefois, avec respect, avec crainte, et ici,
de même qu'autrefois encore, au milieu de
ces réunions où je vous contemplais de loin,
vous me serez inviolable et sacrée ; je le jure
devant Dieu qui m'entend ; oui, heureux seulement de vous voir, de vous savoir là en
ma puissance, je vous bénirai d'être venue
ici confiante en ma loyauté ; je me tiendrai
à distance, et jamais ma bouche ne proférera
un mot qui puisse vous faire repentir de cette
confiance, ou qui porte atteinte à cette loyauté.
Laissez-moi donc vous dire encore une fois
que je vous aime, Albertine : cette fois est
bien la dernière. Laissez-moi vous le dire,
reprit-il en joignant les mains, pour le temps

où je ne vous l'ai pas dit, pour tout le temps aussi où je ne vous le dirai plus.

A son tour il attendit une réponse d'Albertine; mais celle-ci était trop émue pour lui répondre. Edouard plia le genou, et du ton de la prière et de l'adoration, il poursuivit :

— Et maintenant, par pitié ! oh! ne me forcez pas à exécuter une menace de haine et de vengeance, quand d'un mot, quand d'un signe, vous pouvez nous sauver tous.

La pauvre jeune femme était au bout de sa force et de son courage; cette menace contre son mari, renouvelée sans doute à dessein, l'effraya si bien; elle vit en même temps Edouard Monville si malheureux, si désolé, que de guerre lasse, moitié par crainte, et se voyant, par-dessus tout, dans l'impossibilité d'éviter une affreuse catastrophe, elle se résigna, et répondit, non sans hésitation :

— Eh bien! je me confie à votre honneur ! monsieur.

✿

— Vous consentez?

— Je vous ai dit que je me confiais à votre parole, et aussi, ajouta-t-elle, à la protection de Dieu, qui écartera peut-être le malheur que vous appelez si impitoyablement sur moi... que ce soit donc pour vous un remords éternel, si ce malheur arrive...

— Il n'arrivera pas, car avec de la prudence, et j'en aurai, vos visites demeureront secrètes; ainsi, vous viendrez! et quand cela?

— Ordonnez, monsieur, n'êtes-vous pas le maître?

Il réprima un mouvement pénible.

— Tous les jours une heure... dit-il à voix basse.

— J'aimerais mieux mourir, s'écria-t-elle.

— Une heure par semaine?...

— Ce serait vouloir que je ne vinsse pas long-temps.

— Eh bien! une heure par mois: c'est

peu... Non, c'est beaucoup ! car cette heure-
là me donnera du bonheur pour tous les
jours qui se seront écoulés sans vous voir, et
de l'espérance pour les jours qui suivront
jusqu'à votre prochaine visite... une heure
tous les mois, ce sera fête dans ma retraite...
et dans mon cœur, ajouta-t-il en lui-même.

Madame Dubreuil consentit.

Lorsqu'après cette longue et pénible en-
trevue, elle sortit, à moitié folle, de cette
maison où venait de se conclure cet étrange
marché, pas une lumière ne brillait aux fenêtres des maisons de la ville.

Edouard, qui lui avait adressé, sur le
seuil de la porte, un adieu presque timide,
suivi de ces mots : — A pareil jour, dans
un mois ! — Edouard rentra précipitamment
chez lui, prit son chapeau, et s'élançant
dans la rue, il se dirigea du côté du boulevard Cauchoise, suivant à distance les pas
de madame Dubreuil, et la couvrant de sa
protection invisible ; prêt qu'il était, à ris-

quer sa vie pour écarter le danger de quelque
part qu'il vînt. Il s'arrêtait de peur de l'effrayer, quand sa marche trop peu mesurée
l'avait imprudemment rapproché d'Albertine;
il veillait en un mot sur cette femme comme
si elle eût été sa mère ou sa sœur; enfin
Edouard ne reprit le chemin de son logis que
lorsque, de l'entrée de la place Saint-Nicolas,
il se fut bien assuré que la porte de la demeure de madame Dubreuil s'était refermée
sur elle.

III

ÉVÉNEMENT PRÉVU.

Six mois s'étaient écoulés, et six fois Edouard Monville avait reçu la visite de celle qu'il ne voulait plus nommer qu'Albertine de Gerlis.

Il avait tenu toutes ses promesses de respectueuse adoration.

Quand elle arrivait, mêmes précautions que le premier jour, même froideur de paroles, pour ainsi dire; il lui montrait du doigt l'aiguille de la pendule, et les minutes s'envolaient.

C'était lui, on le devine bien, qui faisait presque tous les frais de la conversation, ou, le plus souvent, il gardait le silence, la contemplant avec amour, et beaucoup trop heureux de la contemplation, pour troubler par un vain bruit de paroles, les délicieuses émotions qui agitaient son cœur.

Mais si la jeune femme, arguant de sa soumission, de son exactitude, osait réclamer, à titre de récompense, la fatale lettre de change :

— Oh non! disait-il, je ne veux pas me dessaisir encore de ma seule garantie de bonheur; plus tard, Albertine, plus tard! je vous la rendrai; mais de grâce, ne l'exigez pas aujourd'hui!

Et puis, quand, l'heure sonnée, Albertine se retirait, il lui disait comme le premier jour :

— Dans un mois, je vous attends!

Alors, comme le premier jour, aussi, il la suivait afin de protéger son retour à la place Saint-Nicolas.

Pendant ces six mois, pas une parole de
son mari, pas un indice ne vint révéler à la
tremblante Albertine que le mystère de ses
excursions dans un faubourg de la ville fût
découvert; elle en remerciait Dieu, Dieu
qui enfin l'abandonna!

C'était le soir de sa septième visite.
M. Dubreuil devait assister à un dîner
d'hommes, composé de négocians, ses con-
frères, et il avait annoncé qu'il ne reviendrait qu'à une heure avancée de la nuit.
Croyant encore une fois son secret assuré,
Albertine se rendit, vers neuf heures, chez
Edouard Monville; mais les affaires, qui
devaient se traiter au dîner, ayant été con-
clues beaucoup plus tôt que Dubreuil ne se
l'était imaginé, il rentra chez lui une heure
environ après la sortie de sa femme.

—Où est madame? demanda-t-il.

— Au bal, chez madame de Courseul,
répondit la femme de chambre interrogée.

— C'est singulier, dit-il à part lui, elle

m'avait si bien dit qu'elle n'irait pas à cette fête.

Et il repartit.

Deux heures après, il était de retour. Aidée de sa femme de chambre, Albertine se débarrassait de ses gracieux vêtemens, qui ne lui avaient servi qu'à paraître un instant dans le bal.

Le mari se mit à parcourir la chambre, en proie à une agitation qu'il avait peine à contenir.

— Tu n'es pas restée long-temps chez madame de Courseul, dit-il tout en continuant à marcher à grands pas, dès que la femme de chambre se fut retirée.

— Non, ce bruit, cette chaleur m'incommodaient, et j'ai quitté le bal de bonne heure.

— Mais tu as dansé, au moins? lui demanda Dubreuil.

— Deux ou trois contredanses, au plus, reprit négligemment Albertine.

— Une entre autres avec M. Moriset, je
crois ? ajouta le négociant.

—Oui, répondit-elle, cherchant avec un
sentiment pénible à comprendre où son mari
voulait en venir.

—Madame Danizier a dû te parler longue-
ment de la nouvelle faveur accordée à son
frère.

—C'est vrai : j'étais placée à côté d'elle...
Mais, mon ami, qui t'a donc si bien instruit?
on dirait......

Elle tremblait de tous ses membres.

— Si bien instruit! interrompit-il avec
explosion. Je le suis assez du moins, madame, pour vous dire que chacune de vos
paroles est un atroce mensonge! J'y ai été, à ce
bal, moi! et je sais qu'on ne vous y a pas vue!

Anéantie, comme frappée de la foudre, la
malheureuse Albertine resta muette.

Dubreuil, dans une exaspération difficile
à peindre, lui saisit le bras, et pâle de colère, il ajouta :

— Où avez-vous passé ces trois heures,
madame? répondez! Répondrez-vous, à la
fin?.... Mais non, poursuivit-il, ne dites
rien..... vous mentiriez encore!

— Charles, vous me faites mal! Ah! vous
me faites bien mal! balbutia la jeune femme
en pleurant.

— Voulez-vous que je vous dise où vous
étiez, moi? continua son mari d'une voix
assourdie par la fureur. Vous me trompiez,
vous fouliez aux pieds vos devoirs de femme
et de mère! vous étiez chez un amant!

D'un noble mouvement de tête, Albertine
repoussa l'accusation.

— Oui, un amant! reprit-il en lui serrant
le bras avec plus de violence encore.

Elle ne lui répondit que par un dégoût,
un regard d'indignation.

Il ajouta :

— Ah! je ne me fais pas illusion, moi!
j'appelle les choses par leur nom; je ne suis
pas, comme vous, habitué à déguiser les in-

famies sous les délicatesses du langage. C'est
que, moi, je ne suis pas du grand monde
comme vous, madame la pensionnaire de
Paris! avec vos belles manières, votre éducation brillante, qui ne vous ont appris qu'à
vous jouer de moi, à me tromper. Savez-
vous bien qu'en vous épousant, j'ai fait un
marché de dupe!

— Charles! Charles! reprit Albertine en
laissant échapper cette fois le cri de douleur
que la torture, rendue insupportable, venait
de provoquer, Charles, vous oubliez que
c'est à votre compagne depuis dix ans, que
c'est à la mère de votre fille que vous parlez
ainsi.

— C'est à la maîtresse de je ne sais quel
vaurien, que je dis son fait! continua-t-il en
s'acharnant à cette idée qui lui était subitement passée par l'esprit, chimère que sa
violence habituelle semblait plutôt attirer
que combattre, et qui lui ôtait en ce moment
l'usage de la raison. Oui, poursuivit Du-

breuil, je le vois bien, maintenant, nous
n'étions pas faits l'un pour l'autre..... et savez-vous pourquoi, madame?

— Je sais... je sais, murmura Albertine,
que vous êtes injuste, que vous êtes cruel,
et qu'il faut que je retienne mes cris, que
j'arrête mes larmes, car si l'on nous voyait
ainsi, moi victime, vous bourreau... on vous
mépriserait, Charles... comme vous le mé-
ritez.

— Moi, dit-il, moi, méprisé! mais vous
ne savez donc pas que je suis un honnête
homme, moi! et que vous!... ajouta-t-il en
lui serrant le bras à le lui briser, vous, vous
êtes une malhonnête femme!

Albertine voulut répondre.

— Je vous dis que vous êtes une gueuse!
s'écria-t-il.

Et la repoussant avec violence, il l'envoya
tomber sur le tranchant du marbre de la cheminée.

— Ah! dit la pauvre femme au plus dou-

loureux de l'angoisse, si j'en dois mourir,
que Dieu le lui pardonne, car cet homme est
ivre, il n'a pas su ce qu'il faisait !

— Ivre ! ivre? s'écria Dubreuil en s'approchant, tel qu'un furibond, de sa femme.
Il leva sur elle la main comme pour la frapper ; mais Albertine, pâle et souffrant hor-
riblement, lui opposa un visage si calme,
une douleur empreinte de tant de dignité,
que son geste brutal sembla céder à la ma-
jesté du regard qu'elle tint pendant quelques
minutes fixement arrêté sur lui.

—Monsieur, dit-elle enfin, vous devez
comprendre que maintenant vous n'avez plus
le droit de m'interroger, et qu'il y aurait de
ma part bassesse à vouloir me justifier auprès
de vous.

— Cependant, répondit-il, mais en hési-
tant, je suis le maître...

— Vous n'êtes plus rien pour moi ! je ne
vous reconnais plus pour mon juge ; car je
ne me sens plus le besoin d'avoir votre estime.

Ainsi, sa fierté blessée, et plus encore la
crainte de compromettre les jours de deux
hommes, car signaler Edouard à Dubreuil,
n'était-ce pas leur mettre à tous deux l'épée
à la main? la crainte, disons-nous, d'exposer les jours de l'un et de l'autre, peut-être,
sans pour cela sauver l'honneur du coupable,
refoula au fond du cœur d'Albertine l'aveu
du motif de son absence.

Les deux époux se séparèrent, ce soir là,
sans se dire : au revoir, et le lendemain,
quand ils se retrouvèrent, ils sentirent, chacun à part, que toute confiance, partant
toute félicité, était détruite pour eux !

IV

LA SECONDE PART D'AMOUR.

Pendant les sept années qui suivirent cette
terrible scène de ménage, laquelle avait
plus que justifié l'ironie des éloges donnés
par Edouard Monville au caractère violent,
à la brutalité naturelle de Charles Dubreuil,
pendant ces sept années, rien ne changea
dans l'intérieur des époux de la place Saint-
Nicolas ; rien non plus au-dehors ne transpira
de leur rupture, et le monde put les croire
aussi heureux, aussi unis qu'aux premiers

temps de leur mariage. A cette apparence de
bon accord et à ce divorce tacite, double
situation également fertile en contraintes pé-
nibles, en rapprochemens forcés, en misères
de tous les jours, de toutes les heures, ils
avaient fini par apporter tous deux, et sans
convention expresse, la même attention scru-
puleuse, la même exactitude de soins et
d'efforts, comme auraient pu le faire deux
parties de bonne foi après un marché conclu.

Mais dans les commencemens, ces efforts,
cette attention se trahirent maintes fois, chez
Dubreuil, par la gaucherie et l'affectation, ou
bien, encore, par une brusquerie maussade,
par les sourdes attaques d'une violence con-
tenue avec peine. Il finit pourtant par s'habi-
tuer peu à peu à la gêne continuelle qui
devait être la conséquence prévue de sa
nouvelle position. La femme, au contraire,
dès l'abord, accepta son infortune imméritée
avec une douceur, une patience angélique
qui ne se démentirent jamais.

Cependant, l'espérance que son mari reviendrait à force de repentir sur une accusation injurieuse et si brutalement formulée, cette espérance, qui, dès le lendemain de la violente querelle, était venue luire à ses yeux, Albertine ne la perdit qu'avec le temps.

Si Dubreuil ne l'interrogea pas de nouveau pour chercher à éclaircir ses soupçons, et s'il les garda, c'est qu'il fut conseillé, lui, par cet orgueil indomptable des gens grossiers, orgueil qui, une fois humilié d'une supériorité intérieurement reconnue, refuse de revenir sur ses pas, parce qu'un semblable retour serait l'aveu de son infériorité. Albertine, de son côté, indignée du mépris de son époux, se renferma dans un silence complet, obéissant en cela, nous l'avons dit plus loin, autant au sentiment de sa dignité offensée qu'à la crainte d'une explication dont elle mesurait le danger. La tendresse qu'elle avait eue jusque-là, pour le père de son enfant, ayant reçu une rude atteinte de cette blessure faite à son double titre d'épouse et de mère, si elle se résigna à souffrir en silence, si elle continua son œuvre de dévouement, ce fut, et pour prévenir ce combat dont l'issue la faisait frémir, et pour ne pas rabaisser à ses propres yeux l'homme injuste et coupable qui l'avait condamnée. Et d'ailleurs, quelle est la femme qui peut se sentir le courage, fût-ce même pour se justifier, de dire à l'homme qu'elle a beaucoup aimé :

— Rougis devant moi, car je sais que tu es un faussaire? »

Quant à Edouard Monville, elle résolut sur-le-champ de ne plus le revoir, bien décidée qu'elle était à ne jamais rien faire qui pût prolonger les soupçons de son mari.

Cependant les jours s'écoulaient, et celui qu'elle-même avait fixé pour sa septième visite à Edouard Monville était proche; il fallait donc se hâter de conjurer l'orage. Mais à quel expédient avoir recours? Ecrire, mais à qui confier une lettre? et si cette lettre était surprise? si encore le dépositaire du fatal secret ne voulait pas se contenter de son excuse et se rendre à sa prière? La pure et innocente Albertine, inhabile à la ruse, ignorante de ces mille petits manéges des femmes qui savent tromper, perdait la tête et ne s'arrêtait à aucun parti.

Elle était encore en proie à toute l'irrésolution du premier moment, un seul jour la séparait de cette soirée dont le lendemain pouvait amener un si effroyable malheur, lorsqu'à l'église où elle priait avec ferveur, avec larmes, épanchant la désolation de son âme dans le sein de Dieu, elle vit un homme qui se précipita brusquement à terre devant elle; mais se relevant tout aussitôt, cet homme lui dit à voix basse en lui présentant un papier soigneusement plié :

— Voici, madame, ce qui vient de tomber de votre livre d'heures.

Surprise d'abord, et même effrayée du

mouvement de l'étranger, mouvement si rapide, que pas un des fidèles agenouillés
auprès d'elle ne l'avait aperçu, elle se retourna vers cet homme : c'était lui ! c'était
Edouard !

Albertine hésita avant que de prendre ce
papier ; mais comme elle devait craindre
aussi que l'instance de Monville pour le lui
faire accepter ne fût remarquée, elle se résigna et se saisit du billet à la dérobée.

Ce papier, qu'elle parcourut furtivement
à l'abri de son voile, ne contenait que quelques lignes.

« Vous ne pouvez pas venir, je le sais,
« lui écrivait Edouard ; restez sans crainte
« chez vous : il y a des impossibilités que je
« respecte.

« Je ne vous rends cependant pas votre
« parole, et si je ne vous attends plus au
« jour fixé, du moins, je compte sur un
« temps meilleur.

« Lorsque ce sera volontairement que vous

« me priverez de votre présence, songez
« bien que je le saurai ; et alors, mais seule-
« ment alors, je me croirai le droit d'user,
« suivant l'inspiration de mon désespoir, du
« gage qui est en ma puissance. »

Tremblante, croyant à peine ce qu'elle
venait de lire, elle voulut interroger son
sauveur, ou le remercier dans un regard
plein de reconnaissance : Edouard Monville
avait disparu.

Délivrée maintenant de sa crainte la plus
poignante, elle bénit Edouard dans son cœur,
comme on bénit un protecteur invisible, et
ne chercha pas plus long-temps à deviner
comment il était arrivé à la découverte de
cette querelle d'intérieur si bien cachée aux
yeux du monde.

Au risque d'attirer sur nous la sévérité de
la critique, quand nous conduisions ainsi
l'histoire par bonds et soubresauts, nous de-
vons dire ici qu'autrefois, lorsque trahissant
la confiance d'un ami, Charles Dubreuil

avait épousé Albertine de Gerlis, ce n'était
pas seulement au désir de faire un riche mariage qu'il avait cédé : il aimait Albertine avec
idolâtrie; cet amour avait triomphé de l'é-
preuve du temps, et dix ans après l'union
des deux époux, c'était encore, chez le mari,
le sentiment profond et vivant du premier
jour.

Quelque hardie que paraisse cette propo-
sition, nous n'hésiterons pas à avancer que
c'est dans la violence même de son amour,
autant que dans l'emportement naturel de
son caractère, qu'il faut chercher l'explication de l'impitoyable dureté de Dubreuil,
lorsqu'il se crut trahi. La certitude de son
malheur, si outrageusement formulée dès le
principe, lui revint à l'état de doute, quand
la rage assouvie lui permit de rentrer dans le
calme; il épia autour de lui de l'oreille et du
regard, saisissant le moindre indice qui paraissait devoir le conduire à une révélation
complète; puis obligé d'abandonner cette

voie, il se jetait dans une autre, et en venait
à désirer que sa femme lui apparût aussi innocente qu'elle prétendait l'être ; mais n e
trouvant rien, ou, pour mieux dire, ne ren-
contrant que l'obscurité du vide là où il cherchait des preuves lumineuses, il laissa une
fatale conviction s'enraciner dans son esprit.

— Ces femmes, dont l'éducation a été si
soignée, se disait-il, ces dames à la langue
dorée, façonnées de si bonne heure aux in-
trigues du grand monde, vous ont des mys-
tères qui nous échappent à nous autres gens
simples, et qui allons franchement notre
chemin.

Raisonnement absurde et cruel, qui ne
pouvait prendre naissance que dans une nature pervertie, ou dans une mauvaise éducation ; et l'éducation, chez cet homme, avait
été si mal dirigée ! puis la fréquentation d'un
monde licencieux et grossier avait fait le reste.
Après tout, lorsqu'il était de sang-froid, Dubreuil ne s'illusionnait point sur son mérite ;

ce qui le prouve, c'est qu'avec l'ambition
d'obtenir la main de la belle et distinguée Albertine, il lui était venu assez de pénétration
ou de défiance de lui-même, pour comprendre que s'il ne changeait, pour un temps du
moins, contre un meilleur ton, et son langage de mauvaise compagnie, et ses franches
manières d'estaminet, il ne parviendrait jamais au but qu'il s'était proposé d'atteindre.
L'amour aidant, il parut tel qu'il n'était pas,
et se fit accueillir favorablement par la famille d'Albertine; mais une fois marié, il se
débarrassa peu à peu de cette fatigante contrainte de bonnes façons et de beau langage;
loin de contracter, sous l'influence d'une
gracieuse et charmante jeune femme, la force
de se créer une seconde nature, le vieil homme
ressuscita avec toute sa fougue primitive,
accrue encore par des habitudes de comman-
dement singulièrement voisines du despo-
tisme. On ne l'a pas oublié, Dubreuil était
négociant; or, ce n'est guère avec des ex-

pressions choisies , avec une fine fleur de politesse , que le chef d'une maison considérable peut mener la troupe indisciplinée des
commis , des ouvriers et des garçons de ma-
gasin. Pour ne pas garder quelque chose de
la rudesse due à ce contact , il lui eût fallu
posséder ou une rare distinction naturelle ,
ou un grand empire sur lui-même , et aucun
homme ne fut plus loin de ces deux qualités,
que celui dont nous essayons d'esquisser le
portrait.

Apportant à toutes ses entreprises une volonté de fer, ne déviant jamais de la route dans
laquelle il avait fait un pas, Charles Dubreuil
s'habitua insensiblement à traiter les affaires
de son ménage comme celles de son commerce : le négociant avait déteint sur le mari.

Long-temps , son amour pour sa femme
servit de correctif à cet arbitraire envahissant,
long-temps une affection réciproque combla
la distance intellectuelle qui séparait les deux
époux ; cette affection brisée , ce fut un abîme

**

qui se creusa entre eux. Ce fut aussi un
vide immense que fit, dans le cœur du
mari, l'absence de cette tendresse conjugale
qui l'avait rempli durant tant de longues et
douces années. Un horrible malaise s'em-
para de lui, et le suivit dans tous ses travaux,
dans ses opérations les plus compliquées ;
Charles Dubreuil était véritablement malheureux.

Comme il n'y avait qu'un autre amour,
redoublant de toute la force de l'amour perdu,
qui pût seul combler ce vide et adoucir sa
douleur, il reporta sur sa fille, sur sa Nathalie, toute cette somme de tendresse qu'il
avait jusqu'alors partagée entre sa femme et
son enfant. Avant cette rupture secrète, on
pouvait dire que Dubreuil était à la fois vraiment époux et père par le cœur ; il ne fut
plus que père à dater de ce jour.

Nathalie avait neuf ans, à l'époque où la
bonne intelligence cessa de régner entre les
époux : enfant chéri, enfant gâtée, vivant

de caresses, de caprices et de bonheur ; c'é-
tait, enfin, un de ces enfans gracieux et ro-
ses, dont les joues rondelettes tiennent par
moitié de la chair et du fruit, si bien, qu'on
serait tenté de les manger de baisers, si l'on
ne craignait de leur faire mal ; petit ange à
l'œil passablement mutin, petit démon aux
manières câlines, au babil doux et timide ;
rieuse, folle d'ordinaire et ne boudant que
pour une fantaisie contrariée, toute charmante, tout adorable, en un mot.

Le premier soin de Dubreuil, après sa
violente rupture avec Albertine, fut de retirer Nathalie d'une pension où elle était depuis quelques mois; il voulut l'élever sous ses
yeux, l'avoir là sans cesse, l'embrasser à
chaque instant du jour, vivre pour elle et par
elle; il lui donna des maîtres; rien ne fut
épargné. Les maîtres venaient, et le père,
pour assister aux leçons de Nathalie, pour
ne pas la quitter, abandonnait ses affaires ;
il travaillait la nuit, afin que ses journées

appartinssent tout entières à sa fille. Etudes
sérieuses, arts d'agrément., il entendait que
l'éducation de sa Nathalie fut complète;
mais si les professeurs reprenaient trop haut
l'enfant, étourdie ou paresseuse, le père
grondait les professeurs. La plus légère indisposition de sa fille le faisait trembler, car
alors il se disait : si j'allais la perdre ! et son
effroi était si grand, en disant cela, que,
déjà, il la croyait perdue. Alors on interrom-
pait les travaux; alors le père soignait sa fille,
il ne vivait plus; et quand le mal avait cédé à
tant de soins, c'était une fête! Puis, il fallait
voir Charles Dubreuil, comme il était heureux et fier des moindres progrès de son enfant; il la montrait à tout le monde avec orgueil, il appelait sur elle les éloges de tous;
un ami qui eût passé sans adresser à Nathalie
un compliment flatteur, fût devenu à l'instant
même son ennemi.

Un jour sur la place Notre-Dame, un
petit Savoyard s'étant écrié à la vue de Na-

thalie : — Ah ! la belle demoiselle ! Dubreuil
appela le petit Savoyard, et lui donna un
napoléon.

Il fallait encore l'entendre vanter la doci-
lité, l'intelligence de sa fille. Quand il rece-
vait, c'était seulement par ostentation paternelle : il ne voulait que faire briller sa fille.
Un habitué de ces réunions de famille ayant
oublié un jour d'applaudir Nathalie comme
elle venait d'exécuter un grand air au piano,
Dubreuil ne l'invita plus.

Ainsi donc, il n'aimait, ne voyait que sa
fille ; il ne parlait que d'elle, il ne songeait
qu'à elle, et n'admirait qu'elle. Si, déjà pos-
sesseur d'une belle fortune, il voulait s'enri-
chir encore, c'était pour Nathalie : toujours
Nathalie. Chose étrange ! ce Dubreuil, cet
homme de fer, si susceptible, si dur, si emporté avec tout le monde, était avec sa fille,
patient, doux et bon : le miracle, en vain
demandé à l'amour de l'amant et de l'époux,
l'amour du père l'avait opéré.

Albertine aussi adorait la charmante enfant; elle aussi l'aimait deux fois : comme mère d'abord, puis comme épouse malheureuse.

Nathalie devint donc dans cette maison, où deux êtres unis par le ciel vivaient étrangers l'un à l'autre, le centre commun où devaient s'appuyer et rayonner deux affections divisées, mais, par cela même, doublement puissantes. Elles se rencontraient encore sur un même point : la tête d'un enfant. Mais il fallait qu'Albertine contînt les élans de sa tendresse; il fallait qu'elle cachât et ses baisers, et ses caresses : Dubreuil était jaloux de sa fille, et l'aimer comme il l'aimait, le lui prouver comme il le lui prouvait, semblait, pour ce cœur paternel, un vol fait aux droits de son amour.

V

ÉVÉNEMENT MALHEUREUX.

A l'époque des vacances, si Dubreuil était content des progrès de Nathalie, et il l'était toujours, tous les ans donc, un jour arrivait où l'excellent père disait à la charmante enfant :

— Demain, nous partons pour Paris.

Il ne la prévenait ainsi que la veille, pour ménager à sa fille une joyeuse surprise, et à lui un grand bonheur de ce naïf enthousiasme d'un jeune cœur qui se livrait si

franchement à ses impressions de joie ou de
chagrin. Le lendemain venu, après avoir
embrassé sa mère, qui n'était jamais du
voyage, Nathalie montait dans sa voiture, une voiture de voyage achetée tout
exprès pour elle, et le père et la fille partaient
enfin.

Énumérer les petits soins, les attentions
délicates, les prévenances de toute sorte,
prodiguées par Dubreuil pendant la route à
la mignonne petite fille, serait chose difficile, pour ne pas dire impossible; qu'on se
figure seulement, pour s'en faire une faible
idée, les soins, les attentions, les prévenances d'un amant près de la maîtresse adorée
qu'il vient d'enlever. Avait-elle froid? vite
un châle sur ses épaules et des fourrures à
ses pieds; au contraire, la chaleur amenait-
elle sur ses joues une rougeur inaccoutumée? vite de l'air! rien n'échappait à son
inquiète sollicitude : il regardait sa fille, et
puis il disait :

— Postillon, arrêtez..... Bien! allez au pas.....

— Mais, monsieur, je suis à l'heure...

—Que m'importe? je paierai double poste s'il le faut !

Nathalie sentait-elle ses jambes engourdies, et voulait-elle se voir emportée dans une course rapide? alors, il criait au postillon :

— Plus vite, donc ! vous n'allez pas.

— Nous sommes au grand galop, notre maître.

—Plus vite encore!...... Crevez les chevaux; cela me regarde.

Et il parlait ainsi, parce que Nathalie venait de dire : « Que la route est longue, je voudrais bien être arrivée. »

Elle avait raison l'impatiente enfant, de désirer d'être enfin à Paris, car la prodigue tendresse de Dubreuil faisait, de notre grande ville de luxe et de misère, un séjour enchanté pour la *baisotte* de la place Saint-Nicolas *.

Un dimanche, c'était pendant le séjour annuel de Charles Dubreuil et de sa fille à Paris, on vit le père rentrer seul à son hôtel; il était sans chapeau, ses traits semblaient renversés, ses cheveux flottaient en désordre, et il haletait comme après une longue course. Enfin, le négociant était si pâle, si étrangement inquiet, que le maître de l'hôtel recula effrayé à sa vue.

— Ma fille est revenue, n'est-ce pas? vous avez vu ma fille? demanda le père avec égarement.

— Non, monsieur; mais calmez-vous : je rentre moi-même à l'instant, et il se pourrait..... Aussi, je vais m'informer...

Une cloche retentit; en une minute, tous

---

* Baisot ou baisotte est le nom qu'on donne en Normandie à l'enfant unique ou au plus jeune des enfans de la famille.

les garçons, tous les employés au service de
l'hôtel furent réunis.

— Qui de vous a vu la jolie petite demoiselle du n° 5?

— J'ai de l'or pour celui qui me le dira,
ajouta Dubreuil.

— Je l'ai vue, moi, dit un des garçons.—
Dubreuil l'aurait embrassé. — Je l'ai vue ce
matin, continua-t-il, quand elle est sortie
avec monsieur.

Dubreuil proféra une épouvantable malé-
diction.

— Et depuis? depuis? demanda le père
en interrogeant des yeux encore mieux que
de la voix ceux qui l'entouraient.

Personne ne répondit :

— Perdue! s'écria Dubreuil, perdue! ma
fille!

— Perdue! répéta tout le monde, avec
un air d'intérêt; et puis, chacun retourna
à ses occupations.

Dubreuil resta un moment dans l'hôtel,

abattu, sans force, anéanti sous le poids de
sa douleur.

— Perdue? Non, monsieur, non; égarée
seulement... nous la retrouverons, cette
chère demoiselle, dit l'hôtellier. D'abord, il
faut s'adresser à tous les journaux, leur en
voyer le signalement de la pauvre petite.

— Mais les journaux ne paraîtront que
ce soir ou demain, objecta le père au désespoir.

— Qu'importe? en pareil cas, toute précaution est bonne à prendre. En même
temps, il faut aller à la police...

— Merci, merci; je n'y avais pas songé!

— Il y a encore les affiches au coin des
rues...

— Oui, vous avez raison, mon ami... des
affiches dans toutes les rues, sur tous les
murs... Donnez-moi de l'encre, du papier...
ou plutôt, non; je ne pourrais pas écrire,
reprit-il avec agitation; écrivez vous-même :
Dix mille francs, cent mille francs à qui me

ramènera ma fille, perdue au jardin du Luxembourg.

Il lut ces lignes écrites sous sa dictée et dit :

— Bien ! que cela soit imprimé dans une heure...

— Je me charge de tout, monsieur... Bon espoir ! nous la retrouverons ; on ne vole guère les enfans à Paris ; ce n'est pas comme à Londres où cela se fait, à ce qu'on dit ; d'ailleurs, mademoiselle va peut-être revenir d'elle-même..... Mon hôtel est connu.... Mais reposez-vous, vous en avez besoin... Je cours... Mais, où allez-vous donc, monsieur ? reprit l'hôtelier en cherchant à retenir le malheureux père.

— La chercher ! s'écria Dubreuil ; et il disparut.

— Perdue au jardin du Luxembourg, murmura le maître de l'hôtel, parcourant de nouveau ce papier sur lequel il avait écrit à la hâte, pressé qu'il était par le père au

***

désespoir. La pauvre petite aura bien de la
peine à retrouver son chemin, ajouta-t-il; il
y a si loin du Luxembourg à notre quartier
du Palais-Royal !

Dubreuil courait, fendant les flots pressés
de la foule endimanchée, et plongeant dans
cette foule des regards effrayés. Parfois, il
s'arrêtait, puis, attiré par une ressemblance,
il contenait sa marche rapide, se frayait un
passage en dépit de tous les obstacles, se
glissait entre les voitures, par un espace si
étroit, que c'était un miracle s'il n'était pas
écrasé par les moyeux ou sous les roues. Il
parvenait près celle qu'il avait cru reconnaître ; mais la ressemblance l'avait trompé :
ce n'était pas Nathalie ; et il courait encore.

Voyant un homme, tête nue, qui cou-
doyait ceux-ci, qui renversait celles-là, qui
avait l'air de se sauver, on cria derrière lui :
— « Au voleur! arrêtez le voleur! » — Et
on lui barra le passage.

Irrité, désespéré de ce retard, il dit à ceux

qui lui fermaient ainsi toutes les voies, et qui semblaient vouloir enchaîner ses pas :

— Je me nomme Dubreuil ; je suis négociant à Rouen ; j'ai perdu ma fille, et je la cherche ; tenez, voilà mon passeport...... N'auriez-vous pas vu ma fille?

Remis en liberté, il redoubla de vîtesse pour réparer le temps perdu. Il parcourut ainsi toutes les rues qui menaient de son hôtel au Luxembourg. Il fouilla de nouveau tous les coins du jardin ; le pauvre père était à moitié fou, et il ne sentait pas sa fatigue. Peines inutiles ! Ce ne fut qu'à la tombée de la nuit, et à la voix des gardiens, qu'il sortit, et reprit le chemin de sa demeure. Il gardait encore un espoir, cependant.

Le maître de l'hôtel vint à sa rencontre. Sans interroger cet homme, Dubreuil comprit l'étendue de son malheur. Toutes les mesures avaient été prises, mais pas de nouvelles de Nathalie !

Il monta machinalement à sa chambre, se

laissa tomber sur un siége, et sans proférer une plainte, il pleura.

— La table d'hôte est servie, monsieur, vint lui dire un garçon, et si vous voulez descendre...

Dubreuil fixa sur celui-ci un regard hébété, et murmura :

— Je n'ai pas faim.

Puis il vint à penser que Nathalie avait faim, elle, peut-être! et il pleura encore; et du cœur, du regard, et de la voix il l'appela, il lui cria : Viens! viens!... comme si elle avait pu l'entendre, et répondre à son cri de désespoir : « Me voilà! »

Le lendemain, aussitôt qu'il le put, car le jour se lève tard pour les parisiens, Dubreuil recommença ses recherches, non plus en courant comme la veille, mais avec ordre et méthode. Il allait lentement, examinant avec soin de l'extérieur à l'intérieur des maisons, interrogeant toutes les portes ouvertes, collant l'œil au vitrage de toutes les bou-

tiques, de tous les magasins, ne laissant pas
passer une petite fille sans revenir à dix fois
interroger ses traits; car ne pouvait-il pas se
tromper à la taille?

Le second jour s'écoula ainsi.

Pendant les jours qui suivirent, Dubreuil
ne vécut plus que d'une vie machinale, sous
la préoccupation constante d'une pensée
unique. Une fois, il sortit de chez lui en
proie à un horrible soupçon : on lui avait dit
que la misère, dans le but d'un trafic infâme,
volait quelquefois les enfans pour les exposer à demi-nus, couverts de plaies factices,
ou les membres torturés, à la pitié des
passans; il en pouvait être ainsi de Nathalie.
Le désolé père alla de mendiant en mendiant, interrogeant tous ceux qui grelot-
taient sous les portes, promenant un regard
inquisiteur sur toutes ces fausses mères qui
enseignent, à force de menaces et d'injures,
l'art de braver le mépris à de chétives créa-
tures, qui ne craignent plus même les coups;

il demandait sa fille à l'indigence cupide, avec
un sentiment d'espoir, avec un frémissement
d'effroi néanmoins; car, elle si fraîche, si
belle, s'il allait la retrouver flétrie, défigu-
rée, estropiée!

Il n'eut pas la triste joie de voir cette
crainte se réaliser.

Une autre fois, il se rendit à l'hospice des
orphelins, supplia, et obtint qu'on lui permît
de passer en revue les enfans de la maison de
charité; Nathalie n'était pas parmi celles-ci;
puis il se fit conduire à l'hôpital des enfans
malades : le directeur de l'établissement l'ac-
compagna dans sa visite. Dubreuil, avec
une incroyable persévérance, parcourut tous
les lits de cette infirmerie, il entrouvrait les
rideaux, jetait un regard plein d'anxiété sur
le pauvre petit être qui souffrait là; puis
après, il passait à un autre : chaque lit de
douleur, ainsi caché sous les rideaux, lui
semblait renfermer sa fille. Arrivé au der-

nier, il s'apprêtait à l'examiner, comme il avait fait des autres.

— Que faites-vous, monsieur ? s'écria le directeur en lui saisissant le bras ; la petite fille qui était là, vivante tout à l'heure, vient de rendre le dernier soupir.

Deux mots seulement frappèrent Dubreuil : une petite fille ! morte ! Il tira précipitamment le rideau, souleva d'une main convulsive le drap jeté sur la tête de l'enfant ; il tremblait de tous ses membres ; il regarda... Dieu merci, ce n'était pas Nathalie !

Il revint chez lui ; pas de nouvelles !

Le malheureux père épuisa tous les moyens de recherche, et toujours il en venait à cette conclusion désespérante : pas de nouvelles ! C'était une épouvantable situation que la sienne !

Le troisième jour, il reçut une lettre timbrée de Rouen, et, bien que la suscription fût accompagnée de ces deux mots : *très-pressée*, Dubreuil n'ouvrit pas cette lettre : il

avait reconnu l'écriture de sa femme! sa
femme! Eh! que lui importait sa femme? Elle
était à Rouen bien tranquille sans doute,
tandis qu'il souffrait, lui. Sa femme! il la
détestait; il l'accusait de son malheur.

— C'est la trahison de cette femme que
j'aimais, se disait-il, qui est cause de tout;
si elle ne m'avait pas forcé à la regarder
comme une étrangère, elle serait venue avec
nous à Paris, et peut-être Nathalie ne serait
pas perdue.

Non-seulement donc, il n'ouvrit pas cette
lettre, mais encore il la froissa avec colère,
et la jeta sur un meuble, comme un papier
inutile.

Huit jours s'étaient écoulés depuis la dis-
parition de la petite fille. Les affiches posées
partout, les insertions dans tous les journaux,
les recherches des hommes de la police n'a-
vaient produit aucun résultat. Jusqu'à l'emploi de son dernier moyen, jusqu'à la mise à
exécution de sa dernière tentative, Dubreuil

avait espéré, et l'espoir l'avait soutenu, mais à présent, abattu, découragé, n'ayant plus rien à attendre que du temps ou du hasard, et ne comptant plus ni sur l'un ni sur l'autre, il se créa les idées, les images les plus sinistres.

— Je ne la reverrai jamais! pensa-t-il; autant vaut en finir tout de suite avec la vie, qui, sans elle, ne serait qu'une longue douleur. Sa mère, je ne l'aime plus; je n'aimais que mon enfant; je ne remettrai certainement pas les pieds à Rouen sans elle. Qu'est-ce qui me resterait? la mort! Eh bien! oui, je mourrai; j'irai la rejoindre si elle est morte; et si elle existe encore... que m'importe à présent? n'est-elle pas morte pour moi?

L'homme violent dans sa colère et dans son amour, ce Dubreuil qui ne savait pas plus s'arrêter en ce moment devant le conseil du désespoir, qu'autrefois reculer devant la pensée d'une mauvaise action; celui qui se disait: «allons toujours!» quelque part que

la route dût le conduire, chargea un de ses
pistolets de voyage, puis, il pensa une dernière fois à sa fille, et il allait diriger l'arme
fatale contre sa poitrine, lorsque la porte de
sa chambre s'ouvrit brusquement.

Le personnage qui entrait si à propos chez
Dubreuil, était un petit homme tout rond,
tout court, tout frétillant, et qui portait
écrits sur tous ses traits le contentement et la
jubilation; c'était un ami de Dubreuil; Dubreuil lui sauta à la gorge, et le secouant à
l'étouffer :

— Malheureux! lui cria-t-il, est-ce pour
insulter à mon désespoir que tu viens ici montrer ta face rayonnante de joie?

— Tu m'étouffes, laisse-moi donc, criait
l'autre; que diable! es-tu devenu fou?

— Fou? répétait Dubreuil qui ne s'était
emporté contre personne depuis long-temps,
et qui trouvait enfin quelqu'un sur qui passer sa colère; fou! c'est toi qui es fou, Lié-

nard; mais non, tu n'es qu'un maladroit, un imbécile, un égoïste...

Il le lâcha, pourtant.

— Je suis tout violet, murmura Liénard en se rajustant devant une glace.

Dubreuil vomissait d'horribles imprécations en arpentant la chambre en long et en large.

— Ah! ça, mon cher ami, continua le nouvel arrivé, je ne comprends rien à ton accueil, mais je te pardonne; je te connais sujet à ces accès-là; n'en parlons plus; je ne demande pas que tu me répondes; car préalablement, je veux m'asseoir; tu m'as mis tout en nage... Je viens de Rouen...

— Tu aurais aussi bien fait d'y rester.

— Je m'en aperçois à la manière dont tu m'as reçu... Mais toi, pourquoi n'y es-tu pas retourné toi-même? la lettre de ta femme...

— Ne me parle ni de ma femme, ni de personne au monde; je suis si malheureux... Tiens, vois ce pistolet........ quand tu es entré, j'allais me faire sauter la cervelle.

— Ah! mon Dieu! s'écria le petit homme devenant pâle, et faisant un bond sur sa chaise... Et pourquoi donc? aurais-tu perdu autre chose que ta fille?

— Liénard! répliqua Dubreuil avec un éclat de voix qui fit frémir son ami, Liénard, misérable! la perte de ma fille... n'est-ce donc pas assez, déjà?

— Je ne dis pas le contraire, mon ami... Voyons, calme-toi... Mais à quoi bon te désoler encore?

— Comment! tu oses me demander à moi, à quoi bon regretter Nathalie?

— Sans doute, puisque cette chère enfant est revenue.

Dubreuil s'arrêta court devant son ami.

— Revenue! dit-il.

— A Rouen, chez toi... La pauvre petite, égarée au Luxembourg au milieu de la foule, n'a jamais pu se rappeler le nom de l'hôtel, ni celui de la diable de rue que tu habites... Mais elle te racontera cela mieux que je ne le pourrais faire.

Dubreuil joignit les mains, et répéta dans une joie qui tenait du délire :

— Retrouvée ! retrouvée ! ma Nathalie ! ma fille ! je la reverrai !... elle est retrouvée !

— Mon Dieu ! oui, dans son embarras, elle s'est adressée à une brave dame qui s'est trouvée là, sur son chemin. Une dame fort obligeante à ce qu'il paraît...

— Je saurai son nom, interrompit vivement Dubreuil... elle aura les dix mille francs promis.

— Et si elle les refuse?

— Je te dis qu'elle les aura ; je voudrais bien voir !

— A ton aise... Mais permets-moi d'achever... De sorte que cette dame nous a expédié par la diligence l'enfant égarée ; pas plus malin que cela.

— Mais, depuis quand?

— Il y a huit jours, ni plus ni moins.

*

— Et l'on a pu me laisser tout ce temps dans des angoisses mortelles!

— Ah! ça... tu perds la tête... Le jour même du retour de Nathalie, ta femme ne t'a-t-elle pas écrit une lettre?

— Oui, c'est juste... oui, c'est vrai... je ne l'avais pas lue!

— Pas lue?

— Tu viens de le dire : j'avais perdu la tête...

Il rompit alors le cachet de cette lettre si négligée, si méprisée, et la lut à voix basse; elle était ainsi conçue :

« MONSIEUR,

« Hier, deux heures après que les journaux de Paris m'eurent apporté la nouvelle de la perte horrible à laquelle je n'aurais pas pu survivre, Nathalie, votre enfant adorée, ma fille chérie, m'a été rendue par un hasard inespéré, par un miracle de la bonté de Dieu.

« Je dois juger de votre douleur par la

mienne qui a été affreuse ; je juge aussi du
bonheur que vous allez éprouver par celui
que j'ai ressenti en revoyant cet ange que je
croyais ravi à jamais à ma tendresse. Je me
hâte donc de vous apprendre cette bonne
nouvelle ; cette nouvelle si heureuse, qu'il y
a des instans, quand Nathalie n'est pas là,
près de moi, que j'ai peine à croire à son retour, tant le sentiment du malheur de sa perte
avait, profondément déjà, pénétré dans
mon cœur. Mais non, je ne me trompe pas,
c'est bien elle que je vois là ; le ciel en soit
béni! je la vois, je l'entends ; elle vous prie
d'accourir en toute hâte pour vous assurer
que mon bonheur n'est point un rêve. »

A la lecture de cette lettre, Dubreuil ne
put réprimer un mouvement secret de jalou-
sie. Sa femme avait embrassé Nathalie avant
lui !

— Tu le vois, dit Liénard, nous t'atten-
dions ; et comme tu n'arrivais pas assez vite ,
il a bien fallu que je vinsse te chercher.

— Tu es mon sauveur, toi, s'écria
l'heureux père, se jetant dans les bras de
son ami.

— Moi ! je le veux bien, répliqua le petit
homme avec une grimace causée autant par la
suffocation que par l'attendrissement : mais
la sensibilité n'avance à rien..... Partons ! ta
femme est très-inquiète de toi...

— Et ma fille m'attend!... Oui, partons !

Et le lendemain, à son tour, Dubreuil
embrassait Nathalie.

VI

PÈRE ET MARI.

Tant d'émotions successives finirent par
porter des coups funestes à la santé de Dubreuil. Il avait failli se tuer à force de douleur, pour avoir perdu sa fille ; il tomba malade de trop de joie, pour l'avoir retrouvée.
En peu de jours, la vie du négociant de la
place Saint-Nicolas fut en danger.

Croyant toucher à sa fin , il manda Liénard
près de son lit ; quand celui-ci fut arrivé,
Dubreuil fit sortir tout le monde de sa

chambre, recommanda à son ami de fermer
la porte à clé, et le pria de s'asseoir tout
près de lui; car il voulait que nul autre ne
pût entendre ce qu'il avait à lui dire dans ce
moment où il n'était plus qu'à un pas des
portes de l'éternité.

Liénard, surpris du ton solennel du malade, obéit.

Alors, Dubreuil lui apprit qu'il voulait
faire son testament. L'ami se récria; c'était,
allait-il dire, une précaution inutile, quand
Dubreuil lui imposa silence. Le malade sentait la mort approcher, et s'il consultait
Liénard, son meilleur ami, ce n'était pas
pour savoir s'il devait ou non faire son testament, car son parti était fermement arrêté sur ce point; ce qu'il réclamait de l'atta-
chement éprouvé de Liénard, c'était un conseil sur le moyen qu'il pourrait employer
pour priver sa femme de son droit de tutelle
sur Nathalie, et de sa part d'héritage
comme veuve; le père voulait donner toute

sa fortune à sa fille. L'étonnement du petit
homme fut au comble, et cela se conçoit
aisément; ainsi que tout le monde, Liénard
ignorait la mésintelligence des deux époux.

— Mais c'est la fièvre qui t'inspire cette
mauvaise pensée, répliqua-t-il; ce ne peut
être que la fièvre, car autrement, je ne
comprendrais pas.

— Trève de paroles, interrompit brusquement Dubreuil. Es-tu mon ami, et veux-tu
me donner le conseil que je te demande?

— Certainement, mon cher ami, répliqua
l'autre avec embarras, et comme s'il cherchait quelque faux-fuyant. Je ne demanderais pas mieux, si je savais... mais je suis
peu compétent dans ces sortes d'affaires; au
surplus, il y a un moyen tout simple pour
en arriver où tu veux en venir : c'est de con-
sulter un notaire, et je m'en charge; je te
le promets...

— Surtout, ne me nomme pas! et le
malade compléta tout bas sa pensée. Si j'en

réchappe, dit-il en lui-même, je ne veux pas que ma fille soupçonne le dessein que j'avais formé ; il serait trop cruel de la faire rougir devant moi, de sa mère.

L'ami Liénard partit, pour se rendre, soi-disant, chez le notaire.

— Quelle diable d'idée a-t-il eue là, se disait le petit homme en sortant de chez le malade, et d'où cette malheureuse idée peut-elle lui venir ? Que s'est-il donc passé entre le mari et la femme ? moi qui suis presque de la maison, je n'ai rien vu... Allons, Dubreuil a le délire, c'est sûr !... Et pas moyen de le contrarier ! il se serait mis dans une belle colère, ma foi !... alors qui sait le malheur que nous aurions eu à déplorer... Il est déjà bien bas... il vaut mieux gagner du temps... Cette pauvre madame Dubreuil ! si bonne, si douce, si aimable pour tout ce qui l'entoure... Je puis dire que c'est à moi qu'il doit de l'avoir épousée ; et je le seconderais quand il prétend la dépouiller, l'ingrat! jamais! Cependant, le malade avait tout son bon sens; du moins, il m'a bien fait cet effet là... en ce cas, il faut bien qu'il ait une raison majeure pour vouloir déshériter une femme qu'il adorait... Je m'y perds... N'importe, il faudra que j'observe.

A la suite de cette scène, qui lui avait rappelé des souvenirs douloureux, et pour laquelle la haine seule lui avait prêté des forces, le malade tomba dans un abattement profond, voisin de la léthargie; on le crut perdu. Une nuit pourtant, Dubreuil se réveilla et vit sa fille, son ange, debout à son chevet, et qui lui présentait à boire.

Ayant fait un mouvement pour la contempler plus à l'aise, le moribond aperçut madame Dubreuil, assise, immobile, la tête appuyée sur le dossier d'un fauteuil : elle dormait.

— Tu ne dors pas, toi, pauvre enfant! dit-il en jetant sur sa femme un regard de dédaigneuse pitié et de colère.

— Sans doute, je ne dors pas; mais il n'y
a rien d'extraordinaire à cela, répondit Nathalie à voix basse pour ne pas troubler le
sommeil de sa mère ; voici la quinzième nuit
que maman passe là, sans vouloir prendre un
instant de repos, tandis que moi, je ne viens
que de me réveiller et de sortir de mon lit.

Dubreuil ne voulut pas comprendre le reproche involontairement exprimé par les
paroles naïves de sa fille.

Cependant, soit que la potion qu'il venait
de prendre eût déterminé une crise salutaire,
soit aussi que la vue de Nathalie eût rappelé
dans le cœur du père un puissant désir de
continuer à vivre, toujours est-il que Dubreuil ne tarda pas à rentrer en pleine con-
valescence.

Liénard, ses autres amis, ses connaissances, vinrent alors complimenter le malade,
et chacun lui vanta les soins de l'habile doc-
teur qui l'avait sauvé; chacun lui parla de
la patiente sollicitude de sa femme qui,

compagne assidue de ses jours et de ses nuits
de douleur, l'avait constamment veillé; mais
à tous ces éloges, si bien mérités pourtant,
Dubreuil répondait quelques mots en forme
d'approbation, et regardait Nathalie avec
une tendresse ineffable. S'il eût osé, il se
fût écrié devant ses nombreux visiteurs :

— Non, ce n'est pas l'habileté de mon
médecin; non, ce ne sont pas les soins de
ma femme qui m'ont guéri! c'est elle seule,
c'est ma fille!

Mais, les amis éloignés, Dubreuil resta
seul avec son enfant; alors, il se dédom-
magea de cette longue contrainte, et l'attirant dans ses bras et la pressant sur son cœur,
il lui dit en la couvrant de baisers :

— C'est à toi que je dois la vie, rien
qu'à toi!

Du reste, Liénard avait deviné juste : le
convalescent était trop heureux pour songer
de nouveau au testament qu'il avait voulu faire.

Nathalie grandit. En avançant en âge,

elle tenait, et au-delà, toutes les promesses
de son enfance ; chaque année ajoutait à ses
grâces, à ses attraits. Tout Rouen la citait
avec admiration ; il est inutile d'ajouter que
la joie et l'orgueil du père s'étaient accrus
en même temps que la beauté de la fille.

Dans cette même année, où Nathalie venait
d'atteindre ses quinze ans, il y eut un bal
donné à la préfecture, en l'honneur de
S. A. R. madame la duchesse de Berry, qui
visitait la capitale de la Normandie. Cette fête,
pompeusement annoncée d'avance, excita
toutes les coquetteries, toutes les rivalités,
toutes les ambitions ; chacun mit sa gloire à
se distinguer, les femmes surtout ! Ce fut
entre elles une lutte, un assaut de préparatifs ruineux, de prodigalités incroyables ;
pas une qui ne voulût éclipser les autres par
la richesse et le bon goût de sa parure ; plus
d'une ausssi laissée maîtresse d'elle-même,
fit pour ce jour, pour cette nuit-là, une telle
brèche au budget de son ménage, qu'il fallut,

afin de la réparer, que la famille vécût de privations et de gêne le reste de l'année. L'occasion de briller était belle pour Nathalie; Dubreuil ne la laissa point échapper. Non content de savoir que sa fille serait la plus jolie, il voulut, disons mieux, il exigea qu'elle s'y prît de manière à l'emporter encore sur ses compagnes, sur toutes les dames de la ville, par l'élégance et l'éclat de sa toilette.

— Songes-y, lui dit-il, je veux que l'on ne voie que toi, que l'on ne parle que de toi.

Et il lui donna carte blanche pour la dépense. La vanité entrait pour beaucoup dans l'amour paternel de Dubreuil. Cela est pénible à penser que, si Nathalie eût été laide, ou seulement moins belle, il l'eût moins aimée peut-être?

La jeune fille avait usé largement de la permission de dépenser autant d'argent que sa fantaisie, ses caprices, son bon goût l'exi-

**

geraient; car, vers le milieu de ce grand jour
du bal, lorsque Nathalie appela sa mère pour
passer en revue les emplettes étalées dans
sa chambre, il se trouva que ces emplettes
avaient été faites en double, comme si Dubreuil avait eu deux filles. La mère témoigna
de sa surprise pour tant de frais inutiles, au
moins de moitié. La charmante enfant se
jeta alors au cou d'Albertine, et, l'œil
rayonnant, lui montrant du doigt une des
deux parures, elle lui dit de sa voix argen-
tine, légèrement émue :

— Mais celle-ci est pour toi, maman !

— Pour moi? cher ange! A quoi bon? je
n'irai pas à ce bal ; tu sais bien que je suis
souffrante ; sans cela, ton père m'aurait dit
comme à toi, depuis long-temps, de faire
mes préparatifs.

Elle savait bien en effet, Nathalie, que Dubreuil n'avait point dit à sa femme de se préparer pour la fête ; elle ne le savait que trop ; car
son instinct filial n'en était pas à comprendre

combien sa pauvre mère était malheureuse.

— Eh bien ! raison de plus, maman ; ce sera pour mon père une agréable surprise de te voir mieux portante et si bien parée ! Nous irons ensemble au bal ! et nous serons mises de même ! ce sera délicieux !

Madame Dubreuil répondit par un nouveau refus à ces engageantes paroles.

Mais après le dîner, l'heure de la toilette étant arrivée, Nathalie supplia tant et si bien Albertine, de sa voix douce et caressante, que celle-ci ne put lui refuser d'essayer la robe élégante et faite exprès pour elle.

— Que je voie au moins si elle te va bien, lui dit la jeune fille.

Et, ce premier triomphe obtenu, la petite sournoise ne voulut plus que la robe fût quittée. Rieuse, mutine, ou bien, faisant la plus jolie moue du monde à la moindre résistance de sa mère, elle prenait les parures l'une après l'autre, les ajustait prestement elle-même, employant la force, plus souvent

les caresses, pour en venir à ses fins. La
pauvre mère se laissait faire, moitié cachant
ses larmes, moitié souriant.

— Allons, maman, continuait Nathalie,
voilà qui est presque fini; à présent, ton
beau collier de diamans et d'émeraudes,
vite, vite! Oh! comme il te va bien! — Je
suis sûre que mon père te trouvera charmante, et qu'il t'aimera comme autrefois,
en te voyant ainsi.

Albertine ne put comprimer tout-à-fait
le soupir d'incrédulité que ces , derniers
mots provoquèrent. Nathalie avait enfin deviné que Dubreuil n'aimait pas sa femme!

— Ah! vous venez aussi? Je vous croyais
malade, dit Dubreuil à Albertine qui entrait,
toute parée dans le salon, et presqu'entraî-
née par Nathalie.

— J'ai eu bien de la peine à décider maman, répondit la jeune fille.

Puis, s'approchant de son père, elle
ajouta à demi-voix :

— Je le veux. Allons, monsieur papa, ne me contrariez pas... j'aurais les yeux rouges, et l'on ne me trouverait plus jolie.

— Partons ! dit Dubreuil, forcé dans ses premiers retranchemens, par cette force de tendresse de la tant aimée et toute gracieuse enfant.

Nathalie sauta de joie, au risque de froisser sa belle robe, et de déranger l'épi de diamans artistement fixé dans ses beaux cheveux noirs. Dubreuil lui prit le bras, confia sa femme à l'ami Liénard, puis l'on partit pour l'hôtel de la préfecture.

Le bal était magnifique. Après avoir placé les dames, Dubreuil et son ami se mêlèrent à la foule. Liénard s'agitait, s'adressait à tout le monde, regardait, critiquait, demandait des nouvelles ; le petit homme était des plus bavards et singulièrement curieux. Quant à Dubreuil, il n'était pas venu pour admirer le bal, pas non plus, il faut le dire, pour voir la princesse, héroïne de

la fête; il allait, entraînant son ami à sa
suite, de groupe en groupe, liant conversation avec tout le monde, étrangers ou
connaissances, amenant les uns et les autres
à passer en revue les beautés Rouennaises,
arrivant adroitement à sa fille, et savourant
avec délice les éloges qu'il avait provoqués
lui-même. Ailleurs, il ne faisait qu'écouter,
et son amour-propre, son orgueil absorbait,
comme pour s'en nourrir, chaque parole
flatteuse adressée à sa Nathalie. Vers la fin
du bal, loin d'être rassasié d'entendre louer
sa fille, il écoutait encore !

— N'est-il pas absurde, mon cher, disait
un jeune officier à un gentilhomme venu à la
suite de la princesse royale, n'est-il pas
absurde, lui disait-il, en désignant du doigt les
deux femmes mises à peu près de même,
n'est-il pas révoltant même, de voir une
petite marchande porter des diamans comme
une duchesse; orgueil ou sottise, cela fait
pitié, vraiment !

Ces mots vinrent frapper droit aux oreilles des deux amis. Dubreuil avait peine à se
contenir ; Liénard l'entraîna, en cherchant à
l'apaiser.

—Il faut laisser tomber cela, disait-il ;
c'est un propos de fou ou d'envieux, qui ne
mérite pas qu'on y fasse attention.

—Au fait, tu as raison, Liénard, répliqua Dubreuil qui parvint à se calmer un
peu ; il serait ridicule à un mari d'avoir toujours l'épée à la main pour défendre la toilette de sa femme.

—Et bien plus encore à un père, quand
il s'agit seulement de la robe ou de la coif-
fure de sa fille ; ce serait, ma foi, un joli
motif de querelle et bien digne d'un grave
négociant comme toi, ajouta Liénard,
croyant prêter une nouvelle force à l'argu-
ment de son ami.

— Ah ! reprit Dubreuil avec une indifférence affectée, tu crois que c'est de ma fille
que parlait ce fat d'officier?

—.Je fais mieux que de le croire, j'en suis sûr, appuya le petit homme triomphant.

En causant ainsi, ils se dirigeaient vers Albertine et sa fille. Le moment du départ était venu; mais, quand Liénard, après avoir pris le bras de la mère, se retourna pour prier son ami de hâter le pas, afin d'éviter la trop grande foule à la sortie du bal, Dubreuil n'était plus là.

Quelques instans après, un étrange tumulte se fit entendre dans un salon voisin; les curieux se précipitèrent de ce côté, et au milieu de paroles vivement échangées, on distingua le bruit d'un soufflet.

Quant à Liénard et à ses deux compagnes, ils attendirent, mais vainement, le retour de Dubreuil; comme ils ne l'aperçurent pas, ils s'imaginèrent, et la supposition était vraisemblable, ils s'imaginèrent, disons-nous, que celui-ci les avait perdus pendant ce moment de trouble et de confusion, et ils prirent le parti de se retirer.

Le surlendemain, on lisait dans le *Journal de Rouen* :

« A la suite d'une querelle survenue au
« bal de la préfecture, entre un jeune offi-
« cier et un riche négociant de notre ville,
« M. D***, une rencontre a eu lieu ce ma-
« tin derrière le Champ-de-Mars. Après
« quatre balles échangées, les témoins
« ayant déclaré que l'honneur était satisfait,
« force a été de cesser le combat, malgré
« les vives réclamations du négociant, qui
« demandait encore à continuer la lutte. »

VII

LE CRÉOLE.

Un matin, assez long-temps après ce bal
et ce duel, qui avaient mis la ville de Rouen
en émoi, la famille Dubreuil se trouvait réu-
nie dans la chambre de Nathalie.

Cette chambre, gentiment ornée, grâce
à la tendresse du père et au bon goût de la
fille, charmant réduit aux rideaux blancs, à
bordure bleu de ciel, au papier blanc mat
semé de fleurs bleues, au petit lit tout blanc
qui se dessinait dans l'ombre d'une alcôve,

aux murs couverts de dessins, de vues, de paysages, de portraits qui révélaient une main déjà sûre et habile, aux meubles chargés de ces mille jolis riens, qui n'ont pas d'usage et qui ne sont là que pour récréer la vue; sanctuaire virginal où, jusqu'au parfum de fraîcheur et de paix que l'on y respirait, tout rappelait que là venait se parer, prier et reposer une jeune fille.

Cette chambre, disons-nous, servait de salle à manger du matin, sauf les cas assez rares où le nombre des invités obligeait la famille Dubreuil à descendre dans la salle à manger du rez-de-chaussée. Ce fut une bouderie d'enfant, ou, pour mieux dire, un calcul de l'amour filial, qui arrangea ainsi les choses. Voici à quelle occasion : le négociant et sa femme, s'étant rencontrés un matin dans la chambre de leur fille, prirent ensuite l'habitude d'y venir déjeûner tous les jours.

Depuis sa muette séparation de cœur avec

son mari, la santé d'Albertine était souvent
chancelante, et quelquefois elle passait de
si mauvaises nuits, elle se sentait si faible le
matin, qu'elle ne pouvait, qu'avec beaucoup
de peine, quitter sa chambre à l'heure vou-
lue, pour prendre en famille le repas du matin. Jusque-là, Dubreuil avait supporté,
sans trop se plaindre, ce qu'il appelait, avec
tant d'insensibilité, les caprices de madame;
mais un jour que sa patience s'était lassée,
comme il ne vit pas Albertine descendre dans
la salle à manger où il était, lui, en bonne
disposition d'appétit, il voulut, à toute
force, commencer à déjeûner sans attendre
sa femme retenue chez elle, plus tard que
de coutume, par une nouvelle indisposition
de la veille. Nathalie, qui n'avait pas pu
comprendre, mais qui ne voyait que trop
bien l'éloignemeut de son père pour Albertine, Nathalie qui savait que c'était seulement à l'heure des repas que les époux pouvaient se trouver en présence, résolut de ne

***

pas laisser se perdre ce dernier moyen de
rapprochement. Pressée par Dubreuil, la
jeune fille se mit à table, ce jour là, en silence, le cœur oppressé, les yeux gros de
larmes qu'elle avait peine à retenir ; mais sa
soumission ne put aller plus loin. En vain
son père la supplia, lui ordonna même de
prendre quelque chose. « Je n'ai pas faim, »
telle fut son unique, sa constante réponse.
En vain, presque inquiet, son père lui demanda si elle était malade : « Non, dit-elle, »
et elle resta immobile sur sa chaise ; si bien
que Dubreuil, irrité de cette obstination
dont il croyait deviner le motif, et aussi
peut-être poussé par le mécontentement secret qu'il éprouvait contre lui-même, se leva
brusquement, et rejetant sa serviette avec
colère, il dit :

— Puisqu'il en est ainsi, mademoiselle,
puisque vous aimez mieux attendre votre
mère que de me tenir compagnie, je vous
préviens que, dorénavant, je déjeûnerai tous

les matins au *café du Commerce*, avec mes amis; dès aujourd'hui, je commence.

Et laissant son déjeûner à moitié achevé, il sortit. Nathalie ne fit rien pour le retenir, blessée qu'elle était de son injustice et de sa dureté. Elle savait bien, d'ailleurs, que Dubreuil reviendrait.

Tout à coup, la tristesse, qui tout à l'heure rembrunissait les jolis traits de la jeune fille, disparut comme par enchantement; un éclair de joie brilla dans ses yeux naguère humides *de pleurs mal contenues*, et un sourire vint voltiger sur ses lèvres: c'est qu'une pensée toute charmante, un projet éclos dans son amour filial avait subitement ranimé son espérance.

Sans perdre de temps, Nathalie prit bravement une grande résolution. Par ses ordres, et sur-le-champ, le couvert fut dressé dans sa chambre, où elle alla déjeûner tête-à-tête avec sa mère, et lorsque celle-ci lui demanda pourquoi Dubreuil n'était pas

monté avec elle, la pieuse fille, pour ne pas
envenimer les blessures du ménage, se garda
bien de parler de ce qui s'était passé ; elle
répondit seulement qu'une affaire importante
et qui ne souffrait aucun retard, avait contraint son père à sortir ; et lorsque, de plus,
madame Dubreuil s'informa pourquoi elles
déjeûnaient là plutôt qu'en bas, Nathalie
répliqua :

— Cela vaut mieux pour toi, maman, qui
es malade ; aussi jusqu'à la fin de ton indis-
position, *c'est chez moi que nous déjeûne-
rons.*

— Il en sera ce que tu voudras, mon enfant, dit Albertine.

Mais avant même qu'elle fût rétablie de
son indisposition, madame Dubreuil dut s'a-
percevoir que son mari la fuyait ; car le soir
même de ce premier jour, Nathalie prenant
son père à part, et lui ayant dit :

— Eh bien ! iras-tu demain au *café du
Commerce.*

— Oui, répondit-il avec une sorte de colère, tant il était jaloux des attentions de la fille pour sa mère, attentions qu'il ne craignait pas de traiter intérieurement, d'ingratitude envers sa tendresse, et de révolte contre son autorité paternelle. Il fallut bien, le lendemain, que la pauvre enfant fît mettre une seconde fois dans sa chambre le couvert du déjeûner.

Cependant, Dubreuil, qui ne voulait pas, de gaîté de cœur, se priver durant ses heures *de liberté, du plaisir de voir sa fille*, finit par se dire avec juste raison, que, bien qu'Albertine fût là, dans cette chambre, ce n'était pas un motif pour que lui, il n'y fût pas tout aussi bien qu'elle ; et, dès le surlendemain, il chercha un prétexte pour déjeûner chez lui, mais toutefois sans compromettre sa dignité. Par bonheur, ce jour-là, il fit un temps épouvantable.

Dubreuil, cette fois, monta comme machinalement à la chambre de sa fille, un peu

avant l'heure du déjeûner ; et ce premier pas
fait, il alla, il vint, s'asseyant, se levant ,
jurant contre la pluie qui tombait à flots , ce
qui l'empêchait de sortir. Le pauvre jaloux
ne tenait pas en place, et laissait deviner à
l'œil le moins clairvoyant, et l'impatience qui
l'agitait et le désir qu'il ne pouvait vaincre.
Il eût donné beaucoup pour que Nathalie se
fût décidée à lui dire : « Assieds-toi là ! »
Et ce mot, elle ne le prononça pas, jouissant,
la malicieuse, d'un embarras qu'elle se plaisait à *prolonger en manière de punition*. Dubreuil se donnait au diable ; et tout en continuant à maudire le mauvais temps, il se ha-
sarda à approcher timidement une chaise de
la petite table sur laquelle on avait servi le
déjeûner des deux femmes. C'est ce que
semblait attendre l'aimable jeune fille, heureuse que son projet eût réussi et si bien, et si
vite. Elle s'empressa alors, mais en silence
et comme si c'eût été chose convenue et habituelle, de mettre un troisième couvert. Le

repas du matin se continua, sans qu'un seul
mot eût rappelé l'absence de la veille et de
celle des jours précédens.

Ainsi rapatrié avec le tête-à-tête à trois du
ménage, Dubreuil ne parla plus, à compter
de ce jour, d'aller retrouver ses amis au café
du Commerce, et de cette réunion accidentelle, amenée par la ruse d'une tendre fille,
naquit une habitude de tous les jours, habitude douce et pleine de charmes, à laquelle,
pour rien au monde, le père enchanté ne se
serait décidé à renoncer. Là, il se trouvait
beaucoup mieux que chez lui, il était chez
sa Nathalie, chez son enfant, on eût dit aussi
que, dans cette chambre de jeune fille, le
caractère du négociant subissait un changement total, ou, pour parler plus vrai, qu'il
se faisait aimable et bon, afin de n'être pas
trop déplacé dans l'atmosphère de bonté qui
y régnait; privilége de la localité, influence
remarquable, surtout quand Dubreuil adressait la parole à sa femme; car, même alors,

il semblait avoir bien moins d'efforts à faire
pour adoucir sa mauvaise humeur. Là , en
effet, le méchant époux disparaissait devant
le bon père. Et puis d'ailleurs, un jour ,
qu'emporté par le naturel, il avait lancé à
Albertine un mot grondeur, et qui allait
donner carrière à ses accès de brusquerie,
l'ange de paix, Nathalie ne l'avait-elle pas arrêté tout court, en lui disant avec sa grâce
enfantine :

— Vous oubliez , monsieur papa, que
vous êtes chez une demoiselle ! Puis, *lui sau-*
tant au cou , elle lui avait fermé la bouche
de sa petite main rose et potelée. Dubreuil
n'avait pu retenir un sourire, et le nuage s'é-
tait dissipé pour ne plus revenir.

On aurait pu le prédire : Si jamais le mari
soupçonneux doit reconnaître son injustice ,
si la femme outragée peut oublier la blessure
douloureuse, faite à son amour et à sa dignité
d'épouse, si la paix doit se conclure entr'eux,
c'est dans cette chambre favorisée ; c'est sous

les auspices de Nathalie que le traité sera
signé.

Tous trois à divers titres, disons mieux,
par le même motif de tendresse, par le même
désir de concorde, au moins apparente, trouvaient leur compte à cette douce habitude de
réunion. Cependant, il y fallut bientôt renoncer, et cela, parce qu'un jour, au lieu de
trois convives, il y en eut cinq autour de la
petite table.

Quels étaient ces deux nouveaux venus,
et comment leur fit-on place dans le sanctuaire? c'est ce que nous nous apprêtions à
raconter, il y a long-temps déjà, lorsque force
nous a été, pour l'intelligence du récit, de
revenir brusquement sur nos pas. Fermons
ici l'immense parenthèse, et reprenons, pour
le suivre désormais, où il voudra nous emporter, le cours des événemens.

Un matin donc, que le père, la mère et
la fille entouraient la petite table à l'heure ac-

coutumée du déjeûner, une voix bien connue
demanda à travers la serrure :

— Peut-on entrer ?

— Parbleu ! c'est l'ami Liénard ! s'écria
Dubreuil ; tourne la clé, nous sommes toujours visibles pour toi.

— C'est que je ne suis pas seul, objecta
la même voix glissant par la serrure.

— Et quand vous seriez dix, répondit le
négociant, il n'y a pas d'indiscrétion... En-
trez...

Mais Nathalie s'était déjà élancée, et ce
fut elle qui ouvrit la porte. Liénard parut
l'œil sémillant, la face rubiconde, tenant
par la main un jeune homme.

— Ah ça ! dit-il, je vois avec plaisir que je
m'étais trompé ; car, ne vous trouvant pas
en bas, j'ai eu peur un instant que l'un de
vous ne fût malade ; aussi, pourquoi diable
vous réfugier ici ! Ah ! je devine : un caprice
de cet aimable petit lutin...

Et comme Nathalie baissait les yeux en

rougissant, honteuse de s'entendre donner ce
nom de lutin devant un étranger :

— Allons, il n'y a pas de mal, continua
le petit homme... Mais pardon ! j'oubliais...
excusez-moi... mes chers amis ; je vous présente M. Lucien de Roncy, un jeune créole,
tout frais arrivé de la Martinique, charmant
garçon, comme vous voyez, qui m'a été
chaudement recommandé par des amis que
j'ai là bas, et qui connaissent beaucoup l'un
de ses oncles ; monsieur est tombé chez moi
ce matin, juste au moment où je me dispo-
sais à venir vous faire une petite visite ; ma
foi, je me suis dit, une personne de plus
chez l'ami Dubreuil, cela ne comptera pas,
et je vous amène sans façon mon nouvel ami.

— Soyez le bien venu, monsieur, dit le
négociant au jeune créole qui, avec une ai-
sance parfaite, voulut poliment s'excuser de
son indiscrétion involontaire, et de l'embarras que sa présence pouvait causer à la
famille.

— A quoi bon tant de phrases? interrompit Liénard; présenté par moi, vous êtes déjà de la maison..... N'est-ce pas, Dubreuil?..... Allons, mettez-vous à votre aise... et déjeûnons, car j'étais si pressé d'arriver ici, que nous n'avons encore rien pris ce matin.

Nathalie sonna : un domestique accourut.

— Vite, François, vite, mon garçon, ordonna Liénard; recommande à la cuisine qu'on ne fasse pas trop attendre notre appétit de voyageurs. Mais auparavant, va-t-en dans ma chambre, et apporte-moi ma douillette du matin et mes pantoufles. C'est une habitude; je ne déjeûne bien que quand j'ai les pieds chauds et les mouvemens libres... Après le repas, tu me feras du feu chez moi, et j'irai reprendre possession de cet appartement que je regrette toujours dès que je n'y suis plus, et que je me hâte de revenir occuper le plus tôt que je peux.

François obéit.

A ce ton de propriétaire, à ce sans-façon

de manières et de langage, à ces ordres enfin donnés comme par le véritable maître de la maison, la famille Dubreuil ne répondit que par un sourire d'assentiment. La douillette fut apportée, Nathalie s'empressa d'aider le vieil ami à s'en revêtir ; Albertine descendit pour hâter les apprêts du déjeûner, et le négociant lui-même glissa dans la main de François la clé de certain cadenas, et dans l'oreille du valet, le nom de certain vin favori de Liénard. Le nouveau venu seul resta stupéfait d'étonnement ; *le laisser-aller de son* introducteur lui paraissait tellement étrange, tellement en dehors de tous les usages reçus, de toutes les convenances même, qu'il ne put s'empêcher de témoigner hautement sa surprise.

— En vérité, monsieur Liénard, dit-il, savez-vous que vous êtes bien heureux d'avoir ainsi une maison toujours ouverte, toujours prête à vous recevoir? Vous avez résolu un problème difficile : quand si peu de gens

sont maîtres chez eux, vous avez trouvé le
moyen d'être le maître chez les autres.

— Une maison! répliqua le petit homme
avec une candide naïveté, une maison! Vous
n'y êtes pas, vraiment! j'en ai comme celle-
ci une douzaine, à peu près; mais il faut que
j'en convienne, c'est celle de l'ami Dubreuil
que je préfère; nulle part je ne suis aussi bien
qu'ici : point de gêne, point de cérémonie ;
vous en jugerez par vous-même. Ah! vous
ne connaissez pas Dubreuil : ses amis sont
chez lui absolument comme chez eux.

— Vous ne connaissez pas Liénard, dit
Dubreuil à son tour; il est comme chez lui ,
chez tous ses amis.

— Pardieu! le moyen de faire autrement?
Mais, voici le déjeûner, à table, jeune
homme, et imitez-moi. Je disais donc, continua-t-il tout en goûtant les sauces et en dé-
gustant le vin de son ami Dubreuil, je disais,
le moyen de faire autrement? je le voudrais,
que je ne le pourrais pas ; si mes amis trou-

vent ma présence incommode, tant pis pour
eux ; pourquoi me forcent-ils à sortir de chez
moi, à aller les voir? Quand on est, comme
je suis, garçon et sans proches parens, il
faut bien se composer une famille ; et, une
fois la famille créée, il faut bien entretenir avec
elle de bonnes relations ; que diable ! Je connais mes devoirs, moi, et je ne sais pas ce
que c'est que de négliger ma parenté ; je ne
suis pas un ours non plus, Dieu merci, et
rien au monde ne peut me contraindre à
m'ensevelir *dans ma tanière... Jolie tanière,*
pourtant, je m'en vante, que ma petite maison du faubourg Beauvoisine... Vous n'avez
pas eu le temps de l'examiner, monsieur de
Roncy ; ce sera pour une autre fois : mais
voyez–vous, si jolie qu'elle soit, je m'y en-
nuierais à mourir s'il me fallait l'habiter long-
temps : personne ne veut se donner la peine
de venir l'admirer. Si petite qu'elle soit, je la
trouve trop grande encore : j'y suis seul ; mon
jardin est charmant : des fleurs, des fruits,

en veux-tu, en voilà! mais qu'est-ce que
cela me fait? je n'ai personne à qui offrir les
unes, et je n'aime pas les autres. J'ai une
cave admirablement bien garnie, j'y ai mis
assez de soins, de temps et d'argent; mais à
quoi cela me sert-il? est-ce que je peux boire
tout mon vin? Sans compter mon petit bois
qui fourmille de lapins; ceux-là j'en mange-
rais volontiers, mais, en bonne conscience,
regardez-moi, est-ce que je peux m'amuser
à courir après? Sans compter aussi que j'ai
des rentes plus *qu'il ne m'en faut, que mes*
capitaux me rapportent : tenez, mon jeune
ami, demandez à Dubreuil qui les fait valoir,
il en sait quelque chose; mais il m'est impossible de dépenser tout à moi seul... J'ai
toujours quelques bonnes piles de napoléons
au service d'un ami dans la gêne..... Mais,
croiriez-vous que jamais pas un n'a besoin
de moi ?... que jamais aucun ne m'a donné
la satisfaction de le voir malheureux? Ces
gens là me narguent; ils n'ont tant de bon-

heur que pour me faire enrager ; que le diable les.....

Je ne dirai pas le mot, reprit-il, après
s'être arrêté tout court en voyant le doigt de
Nathalie levé en signe de menace ; non, mon
petit lutin, je ne le dirai pas... Mais, morbleu ! je n'en pense pas moins..... tous mes
amis sont des égoïstes ! Toi tout le premier,
Dubreuil... tu as beau vouloir m'apaiser du
regard et du geste, va... D'abord, je ne me
fâche pas ; pas si bête... la colère trouble-
rait ma digestion. Donc, mon jeune ami,
continua-t-il en s'adressant à Lucien, voyez
si j'ai tort, et si je ne suis pas à plaindre.
J'aime la société, moi, le bruit des affaires,
la discussion, les cancans.

— Oh ! oui, appuya malicieusement la
jeune fille.

— Pourquoi le nierais-je ? péché avoué,
d'ailleurs, est plus qu'à moitié pardonné.
Ma foi, oui, j'aime les cancans ; cela me fait
rire, et le rire me fait vivre ; je mourrais si

je n'avais à m'occuper que de moi : j'aime à
me mêler de tout, et de mariage donc; oh !
les mariages, c'est mon fort... Et son regard
complétant sa pensée, semblait dire à Nathalie : Patience, mon enfant, je m'occupe
du vôtre.

— Cependant, objecta le créole qui prenait plaisir au développement de ce caractère, mélange singulier de bonhomie et de
personnalité; cependant, si je me rappelle
bien vos propres paroles, vous êtes resté
garçon.

— Moi! c'est bien différent... j'aime trop
à faire ma volonté, j'aime trop et par-dessus
tout, mon indépendance, ma liberté..... et
cela me ramène droit à ce que j'avais l'honneur de vous dire : Mes amis restent chez
eux et m'abandonnent; moi, je ne veux pas
rester chez moi, et je vais chez eux. Je me
suis dit : Je continuerai à les voir, et je les
vois. C'est que quand je me suis, moi Liénard, mis quelque chose dans la tête, on ne

me l'ôte pas facilement. Je sais bien que j'en
souffre un peu ; je n'ai pas toujours toutes
mes aises ; on ne dîne pas partout à la même
heure ; il faut quelquefois, sous peine de
passer pour impoli, que j'aille, quand il me
serait agréable de demeurer ; que je demeure,
quand je ne demanderais pas mieux que
d'aller me promener... Mais malgré tout, je
garde mon indépendance ; je suis libre comme
l'air ; car si tout cela me déplaisait, je ne
m'y soumettrais pas, vous le concevez bien ;
et ainsi j'atteins mon but principal : vivre
avec mes amis qui n'ont pas l'obligeance de
venir vivre avec moi. Ils ont cru me vexer,
je me venge. Eh bien ! morbleu ! s'ils ne
sont pas contens de me recevoir, qu'ils vien-
nent chez moi traiter de leurs affaires, s'a-
muser, décider les mariages, rire, boire et
médire un peu ; alors je consens à ne plus
aller chez personne, je ferai même construire
une aile de plus à mon petit hôtel, j'augmen-
terai mes plantations : je tiendrai ma cave

dans un état continuellement respectable;
les brèches n'y paraîtront pas; j'aurai une
voiture, des chevaux; je joindrai des lièvres
aux lapins de mon petit bois; je ferai, nous
ferons tous honneur à mes revenus; mais tant
que ceux que j'aime s'obstineront à rester
chez eux, je me verrai bien forcé de ne pas
loger chez moi, d'aller de maison en maison
dépenser mon année; c'est cruel, mais je ne
veux pas qu'il soit dit que j'ai jamais rencontré un obstacle à ma volonté, à mes dé-
sirs d'indépendance. *Dubreuil*, cette année,
c'est par toi que je commence, et je te donne
un mois; oh! mais rien qu'un mois... Que
veux-tu? je ne suis pas un égoïste, moi.....
et je me dois à tous mes amis... Mais sois
tranquille, je reviendrai de temps en temps;
tu es le préféré, toi... Allons, encore un
doigt de vin, je me sens altéré...

— Voilà ce que c'est que de trop parler,
dit Nathalie qui s'empressa de le servir; vous
vous serez fait mal, mon bon ami...

— Chère enfant! s'écria Liénard, chère
bonne petite, qui prend intérêt à ma santé,
et qui m'appelle toujours son bon ami, quoiqu'elle soit déjà une grande demoiselle!

La jeune fille n'avait pas besoin de ce
compliment pour rougir. Pendant l'intermi-
nable bavardage du bon ami, elle avait à
plusieurs reprises jeté à la dérobée un regard
sur l'étranger, et celui-ci, juste au moment
où Liénard finissait de parler, venait de la
surprendre en flagrant délit de curiosité.

— Mais ce ne sera rien, ajouta Liénard,
qui n'avait mis d'intervalle entre ses paroles
que pour humer lentement et avec la conscience d'un fin gourmet, jusqu'à la dernière
goutte d'un vin capiteux; d'ailleurs, ne me
devais-je pas à moi-même d'apprendre à
mon jeune protégé pour quelle raison je l'ai
amené ici au lieu de le recevoir chez moi?

— C'est juste, reprit Dubreuil, et je me
félicite d'avoir été choisi de préférence à

tout autre pour donner à monsieur une bonne et franche hospitalité.

Puis, s'adressant directement au jeune homme, il poursuivit :

— Me permettez-vous, monsieur, de vous demander quel est le but de votre voyage ? Ma question peut vous paraître indiscrète, mais elle n'est dictée cependant que par le désir de savoir en quoi je pourrais vous être utile.

Lucien allait répondre, quoiqu'avec un *peu d'embarras ; mais Liénard ressaisissant* l'occasion de parler, le prévint.

— M. de Roncy, dit-il, m'a confié ce matin qu'il s'ennuyait à la Martinique, et qu'il n'était venu en France que pour voir du nouveau et se distraire.

Le créole appuya par un geste confirmatif les paroles de Liénard.

— En ce cas, ce sera avec plaisir que je vous ferai, autant qu'il dépendra de moi, les honneurs de notre ville ; acceptez donc ici,

monsieur, ce que Liénard vous a offert avant
moi, et comme si j'avais parlé moi-même :
amitié, bon gîte et liberté entière.. Allons,
Nathalie, remplis tes devoirs de maîtresse de
maison ; cours donner des ordres pour que
l'on prépare à notre nouvel hôte le petit pavillon de la terrasse... Je vous loge un peu
loin de nous, continua Dubreuil en s'adressant de nouveau au jeune étranger ; mais
vous n'en serez que plus libre d'aller et de
venir comme il vous conviendra de le faire...
D'ailleurs, bien que séparés *par la distance*
du jardin, nous ne nous en verrons pas
moins souvent pour cela, et nous resterons
d'autant meilleurs voisins, que nous ne crain-
drons de nous gêner ni l'un ni l'autre.

Sans doute, l'examen furtif auquel la jeune
fille avait soumis M. Lucien, avait été favorable à ce dernier, car ce fut avec l'empressement le plus vif qu'elle sortit pour obéir
aux ordres de son père.

C'est ainsi que le créole fut installé dans la

maison. Peut-être le négociant eût-il montré plus de réserve envers l'étranger, présenté par l'ami Liénard, si Albertine n'eût pas été là ; mais il avait vu celle-ci faire un mouvement comme pour hasarder une observation sur la convenance de cet accueil empressé, qui touchait de si près à l'imprudence ; c'en fut assez pour que Dubreuil persistât dans la résolution de retenir chez lui M. de Roncy. Sa femme trouvait cela mal, donc c'était bien. Raisonnement faux, supposition ridicule *et peut-être dangereuse, mais qu'en* toute circonstance il se hâtait de formuler ainsi, et de suivre à la lettre depuis sa rupture avec Albertine. L'épouse ne prit pas garde à cette nouvelle marque d'un mépris que l'habitude lui rendait presqu'indifférent ; la mère seule eut à souffrir ; car si elle avait voulu présenter une objection, afin de combattre le projet de son mari, ce n'était pas pour elle-même : ce n'était que pour sa fille.

Au reste, il faut le dire, rien dans les

manières, dans le langage de Lucien, qui ne
justifiât pleinement la réception flatteuse qui
lui était faite. Lucien avait, pour plaider
en sa faveur, outre sa jeunesse, une physionomie intéressante, une politesse exquise,
ce je ne sais quoi enfin qui prévient et qui
attire, que l'on sent et qui échappe à la défi-
nition; peu parleur peut-être, quoiqu'il eût
pu parler fort bien sur tous les sujets, car
son instruction était aussi variée que profonde; peu parleur, mais non pas absolument
silencieux par dédain ou par apathie; si l'on
pouvait remarquer dans ses discours, dans
ses habitudes d'être, quelque chose de grave
et de sérieux, du moins cette gravité n'avait
rien de glaçant; elle était, au contraire, un
charme de plus, une douce tristesse sur un
jeune visage. Ajoutons à cela que, comme
Lucien avait beaucoup voyagé déjà, et que
son esprit était nourri de bonnes et solides
lectures, on prenait un singulier plaisir à
l'écouter parler; quand, par hasard, en-

**

traîné par une conversation qui lui plaisait,
ou par la puissance de ses souvenirs, il se
livrait tout entier, c'est qu'alors il causait
bien plus avec son cœur qu'avec son esprit.
Toutes ces qualités, produit de l'éducation,
tous ces dons de la nature, que possédait le
nouvel hôte de Dubreuil, ne tardèrent pas à
être appréciés autant qu'ils le méritaient; et
l'on finit par s'accoutumer si bien, et en peu
de temps, à le voir de la famille, qu'on ne
remarquait plus que son absence, lorsque
accompagné de Liénard, il faisait des excursions de quelques jours dans les environs de
Rouen.

VIII

GUILLAUME GIROUX.

C'était donc une existence calme et charmante que l'on menait dans la maison du négociant, et cela, grâce à l'impatronisation
du jeune étranger : existence mêlée de travaux faciles, de promenades, de visites dans
le monde, pendant le jour ; puis, le soir, de
la musique ou de douces causeries au coin
du feu ; jamais Dubreuil n'avait trouvé les
soirées si courtes et si agréables, même
malgré la présence de sa femme. Quant à

celle-ci, qui d'abord avait vu avec une sorte
de répugnance l'admission de M. de Roncy
dans l'intérieur de son ménage, elle fit bientôt
comme les autres : elle aima Lucien, et, sa
tendresse maternelle une fois tranquillisée,
elle bénit le créole du bien que sa présence
lui faisait : elle lui devait, sinon la paix, du
moins une trève à ses souffrances ; grâce
à Lucien, son mari oubliait de la tyran-
niser.

Cet état de choses durait depuis six mois,
et par conséquent il y en avait cinq que Liénard, fidèle à son système d'amitié et d'indépendance, était parti pour aller visiter
d'autres amis, quand un jour, Dubreuil, qui
avait été appelé à faire partie du jury, pour
la présente session des assises, rentra long-
temps après l'heure habituelle du dîner ; il
paraissait triste, et sous le joug d'une préoccupation dont il ne pouvait s'affranchir.

Le repas achevé à la hâte et en silence,
on se rendit au salon, et l'on s'assit autour

de la cheminée. Dubreuil était encore ob-
sédé par la même pensée soucieuse qui le
poursuivait toujours.

— Je gagerais, dit Nathalie d'une voix
caressante, que c'est ce vilain tribunal qui
cause ta tristesse.

— C'est vrai, répliqua-t-il en se passant
la main sur le front; j'ai vu aujourd'hui un
spectacle, j'ai entendu des paroles que je
n'oublierai de ma vie.

— Ah! dis-nous cela!

— *Tu le veux, mon enfant?*

— Et moi, monsieur, ajouta Lucien, je
vous en prie, si ma prière peut être de quelque poids après le désir exprimé par mademoiselle Nathalie.

Albertine fut la seule qui ne dit rien; elle
n'avait le droit, elle, ni de vouloir ni de demander.

— Ecoutez-moi donc, commença le négociant, et surtout écoutez-moi bien attentivement, car l'affaire en vaut la peine. Ne

vous attendez pas, cependant, à un de ces
drames de cours d'assises, immenses et com-
pliqués, dont les détails monstrueux vien-
nent se grouper autour d'un fait principal,
pour exciter la curiosité et captiver l'intérêt;
ici, il n'y a qu'un accusé, qu'un fait tout
simple, tout naturel, avoué par le prévenu,
et c'est cette simplicité même qui grandit
ici la terreur, qui remue plus profondément
l'âme, et lui inspire un double sentiment
d'horreur et de pitié.

Après cet exorde, qui ne laissa pas que
de bien préparer l'esprit de son auditoire,
Dubreuil continua :

« Tout le monde, à Rouen, connaît Guillaume Giroux, le riche fermier de Salmon-
ville; tout le monde connaît le crime qu'il a
voulu commettre; c'est de lui qu'il s'agit :
sa fille, la fille du maître, aimait un valet de
la ferme, et bientôt le déshonneur de la
malheureuse enfant fut complet, avéré... »

À ces mots, par un sentiment de pudeur

blessée, en même temps sans doute que pour
chercher un appui contre l'émotion promise
par le ton solennel du narrateur, Nathalie
se serra contre sa mère, qui, de son côté,
ouvrait déjà la bouche pour faire observer
ce qu'un pareil récit avait de peu convena-
ble devant une jeune fille ; mais, compre-
nant que ses observations seraient ou mal
reçues ou au moins inutiles, elle se résigna
au silence.

« A la découverte de la faute de son enfant, continua Dubreuil, le père, justement
irrité, n'écouta que sa colère, il saisit un
bâton noueux, et rugissant, à moitié fou, il
en frappa la coupable, qui tomba sous la
violence du coup, le crâne fendu, baignée
dans son sang. Alors, le père, celui que
l'acte d'accusation ne craint pas de flétrir du
titre de meurtrier, comme s'il s'agissait d'une
action vraiment criminelle, et non pas de
l'effet d'une indignation bien naturelle, bien
pardonnable, même dans ses plus grands

excès, le père, disais-je, Guillaume Giroux,
revint à lui quand il eut accompli ce qu'à
bon droit il nomme un acte de justice; il
jeta alors un regard sur la malheureuse
étendue sans mouvement à ses pieds, et,
s'imaginant qu'il l'avait tuée, l'œil sec pourtant, et les traits contractés encore par un
reste de colère, mais n'exprimant ni regret
ni douleur, il alla se constituer prisonnier.

« Hier, cet homme a paru devant nous,
après deux mois de captivité, calme comme
le premier jour, sombre et triste, mais d'une
tristesse grave, sévère et pleine d'énergie;
on voyait bien que ce qui la causait, cette
tristesse, c'était non pas la conscience de
sa position, non pas la peur d'une condam-
nation et d'une mort infâme, mais le sentiment de son outrage toujours présent, toujours vivant. Je vous le jure, à l'aspect de
ce grand et rude vieillard, qui ne comptait
qu'une tache sur sa vie, qui ne courbait la
tête que sous le poids d'une faute, et d'une

faute qui n'était pas la sienne, à la vue de
ce vénérable accusé, enfin, qui attendait
sans inquiétude comme sans effroi, le jugement qui pouvait donner l'échafaud pour
terme à sa longue carrière pleine d'honneur
et de probité, oui, je vous le jure, vous
n'eussiez pas échappé à l'émotion, mêlée
de respect involontaire, dont je fus saisi.

« La tâche des témoins était facile; Guillaume avait tout avoué, tout expliqué en
termes clairs et précis, avec une assurance
pleine de dignité, également éloignée de
l'effronterie et de la lâcheté; seulement, il
paraissait éprouver un pénible embarras,
lorsque, pour obéir aux ordres du président, il était forcé de se tourner vers le banc
des témoins, car il y avait là quelqu'un
qu'il eût voulu ne pas voir; aussi ne por-
tait-il sur ce banc qu'un regard rapide, puis
il rentrait dans son calme imposant. Ce quelqu'un, dont la vue lui faisait tant de mal,
vous devinez que c'était sa fille; oui, sa

fille, qui, guérie de son épouvantable blessure, assistait aux débats, la rougeur au
visage, la torture dans l'âme.

« Aujourd'hui, il ne restait plus qu'elle à
entendre. A l'appel de son nom, elle se leva
chancelante et soutenue par ses voisins; le
président l'encouragea, fit apporter une
chaise dans l'enceinte du tribunal, et prit
soin de lui rappeler que, fille de l'accusé,
elle ne serait point soumise au serment. A
l'audition du nom de Fanchette, c'est celui
de la coupable, ajouta Dubreuil.

— De la coupable? répéta Lucien.

— Non, du témoin, veux-je dire, reprit
Dubreuil; à l'audition de ce nom, le père
laissa tomber sa tête dans ses mains, pour
ne pas la voir. Après un pas, l'infortunée
s'arrêta comme si elle ne pouvait aller plus
loin; puis, s'armant de courage, elle s'a-
vança. Il fallait voir cette fille, brisée par la
douleur, avec sa cicatrice au front, venant
apporter à la barre du tribunal la preuve

éloquente et visible de la sanglante justice
de son père. Cela serrait le cœur ; il y avait
dans ce rapprochement de la victime et du
meurtrier quelque chose de sublime qui faisait frémir... « Parlez maintenant, » dit le
magistrat. Elle fit un faible signe de tête
comme pour répondre : —Attendez que je
reprenne courage, tout à l'heure je vais
obéir. —En effet, Fanchette parut se ré-
signer à parler ; mais arrivée auprès de la
chaise qu'on avait préparée pour elle, Fanchette se tourna vers son père...

—C'est au tribunal que vous devez vous
adresser, dit le président. Mais elle, sourde
à ces paroles, à ces ordres plusieurs fois ré-
pétés, écoutant une voix plus puissante,
courut à son père, et tomba aux pieds du
vieillard, criant au milieu de ses sanglots :
« Pardonnez-moi, mon père, pardonnez-
moi ! »

« Et spectateurs et jurés, tous étaient
attendris, et les juges eux-mêmes, quoique

plus accoutumés que tous les autres à des
scènes semblables, ne pouvaient commander
à leur émotion ; mais lui, le père, il était
resté immobile, dans son inflexible posture :
on comprenait qu'il n'avait pas pardonné.

—Oh! cela se peut-il bien! s'écrièrent
en même temps madame Dubreuil et le jeune
créole. Nathalie, en proie à une émotion
extraordinaire, ne put que joindre les mains
et murmurer :—Pauvre! pauvre Fanchette!

—Eh mais oui ; ce que je vous dis est
vrai, poursuivit le négociant, Guillaume Giroux n'avait point pardonné ; mais je n'ai
pas fini. Après la déposition de la malheureuse fille, déposition maintefois interrompue, je n'ai guère besoin de vous le dire,
par ses larmes et ses sanglots convulsifs,
après le réquisitoire du ministère public,
qui conclut à l'application de la peine la
plus sévère, car il y avait préméditation,
apparence de guet-à-pens dans le soi-disant
crime du fermier, après la chaleureuse ré-

plique du défenseur de Guillaume, celui-ci demanda à ajouter quelques mots, et cette permission lui étant accordée, il prit la parole au milieu du plus profond silence :

« Messieurs, nous dit-il alors, je ne suis
« qu'un pauvre paysan, et je ne vous re-
« tiendrais pas ici plus long-temps, si je ne
« savais que la parole qui dit la vérité finit
« toujours par être comprise par les hon-
« nêtes gens. On a prétendu, et vous l'avez
« entendu hier de la bouche d'un des té-
« moins, on a prétendu, disais-je, que c'est
« par orgueil, par fierté, par avarice que
« je me suis révolté contre la passion cri-
« minelle de cette enfant, et que je l'ai
« ainsi punie. Le père Guillaume Giroux
« était trop riche, trop vaniteux, pour
« consentir au mariage de sa fille avec un
« valet de ferme, voilà ce qu'on a dit, et à
« cela je réponds que ce n'est pas vrai ! Je
« le jure devant Dieu ; j'ai frappé ma fille
« parce qu'elle était coupable, parce

« qu'elle avait sali mon nom et flétri ma
« vie, parce que je l'aimais surtout, la mi-
« sérable fille, et parce qu'elle m'avait
« trompé. Je l'ai frappée et je ne me repens
« que de la faiblesse de mon bras ; car j'au-
« rais voulu la tuer. Oui, messieurs, ajouta
« le fermier, j'ai voulu la tuer ; eh ! n'est-ce
« pas bien naturel ? Je me sentais désho-
« noré, et le déshonneur, qui nous vient
« d'un enfant que nous aimons plus que tout
« au monde, est de ces choses que l'on ne
« peut pas supporter. La loi condamne cela,
« c'est possible, mais ceux d'entre vous
« qui sont pères doivent me comprendre ! »

« Je l'avoue, poursuivit Dubreuil, ces
simples paroles, plus éloquentes à mon avis
que tout le plaidoyer de l'habile avocat que
nous venions d'entendre, produisirent sur
moi une impression que rien ne put détruire,
pas même l'évidence du fait reproché à l'accusé. Malgré cette évidence, malgré l'action
avouée, je ne me crus pas le droit de con-

damner le père, tout en improuvant l'homme
qui s'était fait justice lui-même ; chef du
jury, je combattis énergiquement, dans la
salle de nos délibérations, ceux de mes col-
lègues qui penchaient pour le châtiment du
coupable, et enfin, nous rentrâmes au tribunal avec un verdict d'acquittement.

« Mais comprenez-vous l'effet que dut
produire Guillaume Giroux sur l'auditoire,
lorsque, loin de nous remercier, loin de paraître *joyeux de se voir* renvoyé absous, *il*
se leva de toute sa hauteur, et que, secouant sa chevelure blanche, donnant à sa
tête vraiment belle à ce moment là, une expression tout à la fois énergique et douloureuse, en même temps qu'il nous montrait
de sa main tremblante la fille coupable, comprenez-vous, dis-je, la terreur qui envahit
tous les cœurs, lorsque, d'une voix émue
d'abord, et qui à la fin retentit majestueuse
et foudroyante, il nous dit :

« Vous auriez mieux fait de me condam-

« ner, messieurs, car cette malheureuse
« que vous voyez là, je vous le jure devant
« Dieu, je la tuerai ! »

—Ah ! c'est horrible ! s'écria Albertine.

—Epouvantable ! dit Lucien.

Quant à Nathalie, elle murmura un mot
que l'on n'entendit pas.

—Eh bien ! non, dit Dubreuil, ce ne
sont pas les paroles de Guillaume qui sont
horribles, épouvantables, mais bien plutôt
la nécessité impérieuse qui les lui a fait
prononcer ; moi, j'ai applaudi du fond du
cœur au sentiment qui les a dictées, car ce
sentiment, je le conçois. Songez-y donc,
on aime sa fille parce qu'on est fier d'elle,
parce qu'elle est notre orgueil, notre joie,
notre gloire ; on se plaît à la montrer comme
le riche étale son or, comme la coquette fait
briller ses joyaux les plus précieux ; mais
s'il arrive que quelqu'un ait le droit de lui
jeter le mépris au visage, s'il arrive que ce

mépris soit mérité, si enfin un jour vous
comprenez que votre gloire est souillée,
que votre joie est flétrie, que le joyau n'est
que du verre, comment voulez-vous qu'on
ne le brise pas dans un moment d'indignation et de fureur?...

— Mais un enfant a toujours des droits à l'indulgence de son père, dit avec une certaine
fermeté madame Dubreuil.

Sans écouter sa femme, sans lui répondre,
il poursuivit, s'animant par degrés :

— Ah! Dieu! je ne crains chez moi rien
de semblable, mais je pense que si pareille
chose arrivait, j'aurais toujours dans l'esprit, comme le fermier Guillaume, non-
seulement l'idée de la faute de ma fille qui
me déshonore, mais encore, comme lui
aussi, celle de toutes les ruses qu'elle a dû
employer pour en venir là; je me dirais : le
jour où je recevais ses caresses, où je la pres-
sais sur mon cœur, comme je te presse en
ce moment, ma bonne et innocente Nathalie,

toi si pure de tout mensonge, je me dirais :
ce jour là, à cette heure là même, elle me
trompait! elle m'avait trompé la veille, et,
dans mes bras, en me prodiguant des mots
si doux, elle cherchait peut-être encore
comment elle pourrait me tromper le lendemain. Quoi! je me dirais cela, moi son
père, et vous voudriez que j'eusse pour elle
de l'indulgence, vous exigeriez que le pardon
sortît de ma bouche, quand je ne pourrais
avoir qu'un désir de vengeance dans l'âme.
Vous croyez cela possible! Oh! ma parole
d'honneur, Guillaume Giroux a eu raison
de le dire : avec une telle pensée qui ne vous
quitte pas, qui vous irrite sans cesse, oui,
un jour ou l'autre on tue son enfant!

Dubreuil s'arrêta, les mains crispées, l'œil
étincelant. Nathalie s'était penchée sur son
épaule; il prit à deux mains la jolie tête de
la charmante enfant, et l'embrassa à plusieurs
reprises, croyant voir dans le mouvement de
sa fille une caresse et une marque d'appro-

bation. Mais Albertine, mère attentive, tressaillit sur son siége, quand Nathalie courba son front, car elle eut peur d'avoir deviné le motif véritable de cet abandon filial : on eût dit, en effet, que Nathalie n'avait ainsi baissé la tête que pour dissimuler une pâleur subite, causée peut-être par l'intérêt trop vif qu'elle prenait au récit de son père.

Pour Lucien, il était resté calme et froid en apparence; il ne chercha point à prouver que Guillaume, après son action brutale, après un acquittement inespéré, avait ajouté à sa faute en proférant une aussi effroyable menace.

— Mais, dit-il seulement, donner la mort, ce n'en est pas moins et toujours un crime : tout meurtrier doit compte à Dieu et aux hommes du sang qu'il a versé, et je ne sache pas qu'un père soit, plus qu'un autre assassin, hors la loi générale; il y a même justice, ce me semble, à la lui faire subir

cette loi, plus implacable, plus terrible pour
lui que pour tout autre.

— Cependant, répliqua vivement Dubreuil
en se levant, si le père outragé se croit assez
fort devant Dieu du témoignage de sa conscience pour braver la loi des hommes, qui
donc retiendra son bras? quelle puissance
l'arrêtera quand il va devenir meurtrier?

Lucien sentit peut-être qu'il y aurait imprudence à prolonger la discussion, et il se
tut; Albertine observait toujours Nathalie.

Cet entretien jeta, pour le reste de la
soirée, un froid glacial sur la réunion habi-
tuellement assez animée. Ainsi la jeune fille,
bien que son père l'en priât à diverses reprises, ne put chanter au piano, et fit de
vains efforts pour paraître gaie et rieuse
comme à l'ordinaire. Lucien, de son côté,
n'eut pas l'esprit à la partie de piquet accou-
tumée, et Dubreuil avait peine à contenir
l'impatience que lui faisaient éprouver les
bévues multipliées de son adversaire. Alber-

tine, qui ne perdait pas un des mouvemens
de sa fille, Albertine que cet instinct parti-
culier aux mères, et qui leur sert de divi-
nation, semblait éclairer sur l'état de gêne
où elle voyait Nathalie, lui demanda si
elle ne serait pas d'avis de se retirer
bientôt.

— Il n'est pas l'heure encore, se récria
Dubreuil.

— En effet, je me sens fatiguée, répondit la jeune fille en se levant après avoir
adressé à sa mère un regard empreint de reconnaissance.

— Je le crois bien, dit alors le père en regardant le cadran de la pendule, il est neuf
heures... Allons, M. de Roncy, vous pren-
drez votre revanche demain, souhaitons-nous
le bonsoir.

Et l'on se sépara.

Ordinairement, on veillait jusqu'à dix
heures, mais un désir de Nathalie suffisait
pour changer les habitudes de la maison;

Dubreuil était si heureux d'obéir à ses moindres caprices!

Au moment où la fille du négociant, arrivée à la porte de sa petite chambre, donnait à sa mère le baiser du soir, Albertine qui hésitait à l'interroger, lui demanda cependant :

— Non, maman, rien, répondit-elle avec une telle expression de franchise et de candeur, que l'excellente mère ne sut que penser, et qu'elle alla même jusqu'à s'accuser d'avoir conçu un doute coupable, une crainte injurieuse.

Et cependant, si quelqu'un eût pu, un moment plus tard, pénétrer dans la chambre où la jeune fille, qui venait de s'exprimer avec un ton de vérité si naturel, s'était enfermée à double tour, il l'eût vue pâle comme une morte, les yeux égarés d'abord, puis levés au ciel; il l'eût vue bientôt après s'affaissant sur elle-même, en proie à un désespoir d'autant plus violent qu'il avait été plus longtemps contenu, tomber à genoux et voulant prier ; presqu'aussitôt le témoin caché eût encore vu la fille de Dubreuil se relever, comme si elle ne pouvait trouver assez de force pour une prière ; puis se tordre les mains, se promener à grands pas, enfin se jeter tout habillée sur son lit, et cacher sa tête dans l'oreiller pour mieux étouffer ses sanglots. Car elle pleurait, la jeune fille si joyeuse d'ordinaire, cette Nathalie à qui tout semblait sourire dans la vie. Aux premiers rayons du jour, elle pleurait et gémissait encore.

Albertine, non plus, n'avait pas dormi de toute la nuit. Tourmentée par une vague inquiétude, elle chercha en vain le sommeil. Quand le jour fut venu, elle s'empressa d'aller frapper à la porte de sa fille ; personne ne répondit : elle appela à demi-voix, même silence ! Troublée alors, et soumise à l'effet pénible d'une anxiété dont elle ne se rendait compte que comme d'une crainte, qui pour n'avoir pas un but distinct n'en est pas moins réelle, Albertine descendit en toute hâte au

jardin, et machinalement, sans le vouloir,
sans y penser davantage, elle suivit la première allée qui s'offrit à elle ; cette allée la
conduisit droit au petit pavillon de la terrasse. Tout-à-coup, madame Dubreuil s'arrêta, disons-nous, quand elle reconnut qu'elle
se dirigeait vers ce pavillon, qui avait été
donné pour demeure au jeune créole. Une
rougeur subite vint colorer ses joues : l'instinct qui avait guidé ses pas de ce côté lui
disait donc que Nathalie était coupable ; mais
elle voulut douter encore, et un sentiment
de respect pour sa fille la fit rétrograder.
Elle rentra dans la salle à manger, située au
rez-de-chaussée, et dont les fenêtres ouvraient
sur le jardin ; elle voulait y attendre le retour
de Nathalie ; mais là, elle rencontra son mari.

— Tiens, dit-il d'un ton moqueur, déjà
levée ! et d'où venez-vous si matin ?

— Du jardin, faire un tour ; et...

Elle n'eut ni le temps, ni la force d'achever sa phrase, car à peine avait-elle dit les

premiers mots, qu'elle aperçut sa fille qui, du fond du jardin, se dirigeait vers la maison.

— Diable ! continua Dubreuil, vous choisissez une singulière heure pour vos promenades !

— Nathalie le désirait, répondit-elle avec embarras, et ne sachant comment se soustraire aux observations ironiques de son mari.

— Ah! c'est juste, reprit-il alors avec bonhomie, quand on se couche de bonne heure, on peut se donner le plaisir de respirer le bon air du matin... Puis, revenant à son ton ordinaire de critique railleuse :

— Il fallait, poursuivit-il, que votre fille vous apprît cela, car vous autres grandes dames, élevées dans des habitudes de paresse...

Il aurait pu continuer, car Albertine ne l'entendait plus. Obéissant à des craintes, plus fortes que sa volonté, et laissant son mari achever en monologue ses injustes récriminations, elle avait abandonné la place, non pour échapper aux remarques malveil-

lantes de Dubreuil, mais bien pour s'élancer
au devant de sa fille, qui approchait de la
maison à pas lents.

Peu s'en fallut qu'Albertine ne poussât un
cri d'effroi à la vue du changement qui s'était
opéré depuis la veille sur les traits de la
pauvre enfant; elle la prit sous le bras, la cal-
mant par de douces et consolantes paroles ;
puis, comme elle sentait bien que les genoux
de Nathalie fléchissaient, elle lui dit avec
bonté :

— Soutiens-toi, et tâche de te calmer;
ton père est là qui te voit et qui t'attend;
mais ne crains rien : il sait que nous sommes
sorties toutes deux ce matin; je viens de le
lui dire.

— Ah! ma bonne mère !...

La parole expira sur les lèvres de la jeune
fille ; mais un regard doux et suppliant ex-
prima le reste de sa pensée.

— Je savais bien, mon enfant, se con-
tenta d'ajouter Albertine, je savais bien hier

soir, que tu avais quelque chose à m'ap‹
prendre.

Un instant après, Dubreuil avait embrassé sa fille, et remarquant l'altération de
son visage, il s'était lui-même accusé de
l'avoir causée par son récit de la veille, récit
dont le souvenir avait sans doute produit une
nuit d'insomnie.

Quelques minutes se passèrent encore, et
puis Dubreuil sortit; les intérêts de son
commerce l'appelaient hors de chez lui. Albertine et Nathalie se retrouvèrent alors
seules, toutes deux; elles montèrent ensemble dans la petite chambre de la jeune
fille. La porte ayant été fermée avec soin,
l'enfant humble et comme accablée sous le
poids du repentir, s'agenouilla aux pieds de
sa mère, sans pouvoir prononcer un mot;
Nathalie regardait seulement Albertine, et
implorait d'elle une parole qui lui donnât de
la force et du courage.

— Eh bien! oui, lui dit madame Dubreuil

en la relevant, oui, je te pardonne, mon
enfant, je te pardonne, mais dis-moi tout!...

IX

LE SECRET DE LA JEUNE FILLE.

Nathalie, on le sait déjà, n'était plus aux pieds de sa bonne mère : celle-ci l'avait relevée et fait asseoir sur ses genoux. La jeune fille cependant, soit honte de l'aveu sollicité, soit embarras de s'exprimer clairement, continuait à garder le silence, comme si l'indulgence maternelle ne lui avait pas, et d'avance, promis le pardon de sa faute, quelle que fût même cette faute ; comme si, non plus, elle n'eût pas compris la muette mais éloquente marque de tendre confiance qu'elle venait de recevoir. Madame Dubreuil se taisait aussi, examinant avec une anxiété douloureuse l'hésitation de la pauvre enfant qui se courbait tremblante sous le poids de ce regard, plutôt craintif que sévère.

Les deux femmes restèrent ainsi durant quelques minutes.

Mais impuissante à résister à son impatience, à ses inquiétudes qui allaient toujours croissant, la mère prit enfin la résolution d'interroger de nouveau sa fille. Nathalie, de son côté, sentant bien qu'il y avait pour elle nécessité impérieuse à tout avouer, fit un violent effort sur elle-même ; et au moment où Albertine ouvrait la bouche pour répéter sa prière, l'enfant arracha du fond de son âme torturée, mais où la douleur n'avait pas encore tué l'espérance, elle arracha, disons-nous, ces paroles qui renfermaient tout un aveu :

— Il m'aime, maman! il m'aime ; il m'épousera !

A ce cri, madame Dubreuil ne put se défendre d'un mouvement involontaire de répulsion, qui ne fut que trop bien senti par Nathalie.

— Oh! si tu me repousses, continua la jeune fille désolée en se précipitant au cou de sa mère, et en s'y attachant comme un naufragé à la planche de salut, oh! si tu me repousses, maman, qui donc me restera, mon Dieu?

— Eh bien! oui, dit madame Dubreuil, revenant à son doute et cherchant à éloigner comme injurieuse, comme impossible même sa supposition du malheur, si clairement révélé par l'exclamation de sa fille; oui, je te l'ai promis: tu seras toujours mon enfant chéri; tu as raison, je dois te rester pour te rassurer contre toi-même, pour te faire lire dans ce cœur que tu vas m'ouvrir; je te reste, oui, je te reste! entends-tu, Nathalie? jamais je ne te manquerai, alors même que tout le monde se croirait le droit de t'abandonner;

oui, pauvre enfant, tu me trouveras toujours
là, prête à te consoler, à soutenir ton courage. Mais à quoi vais-je penser? Dieu merci,
nous n'en sommes pas réduites à cette extrémité, Dieu merci, tu n'as rien fait qui puisse
donner à ceux qui t'aiment le droit de te repousser, et tu n'auras jamais besoin de mon
appui contre l'abandon des autres; oh! non,
tu te trompes sans doute. Ta douleur m'avait
effrayée d'abord. Pardonne-moi, mon enfant;
non, tu n'es pas coupable, car tu ne peux
l'être; je t'ai déjà dit: tu te trompes sans
doute, ton inexpérience t'égare, troublée
que tu es par les sentimens nouveaux qui s'é-
veillent en toi. Une erreur de ta naïve inno-
cence te fait regarder peut-être comme un
crime, ce qui n'est pas même une faute à ton
âge: tu aimes, n'est-ce pas? et cela te paraît
si étrange, que tu as peur, que tu as honte
de ton amour... Allons, j'ai deviné, n'est-il
pas vrai? tu rougis, tu détournes la tête, tu
ne réponds pas... Et pourquoi donc rougir,

pourquoi donc avoir de la honte, si celui que
tu aimes mérite ton amour ?

— Lucien le mérite, maman !

— M. de Roncy !

— Ne t'ai-je pas dit que c'était lui ?

— Lui ou un autre, qu'importe, pourvu
qu'il soit digne de toi. Crains-tu que tes sentimens ne soient pas approuvés par ton père ?
mais tu as tort, il t'aime aussi, tu le sais ; sa
tendresse n'a jamais rien refusé à tes caprices,
à tes moindres fantaisies, et quand il s'agit de
ton bonheur, de ton avenir, tu trembles qu'il
ne se montre pour la première fois dur et sévère... folle que tu es ! mais ton bonheur,
c'est le sien !...

Albertine s'arrêta, et tout à coup, l'effroi
d'avoir trop bien compris le cri de désespoir
de Nathalie, cet effroi contre lequel elle lut-
tait, tout en cherchant à pénétrer la vérité,
lui revint horrible et dans toute sa violence
première, car elle entendit sa fille qui, toujours la tête cachée dans son sein, murmu-

rait avec l'accent d'une épouvante invincible :

— Mon père ! mon père !

— Mais, mon Dieu ! qu'y a-t-il donc ? reprit madame Dubreuil, me suis-je trompée?
Dans tout ce que je viens de dire, il y a au
moins cela de vrai, je le répète, car j'en suis
sûre, il y a cela de vrai, que ton père ne re-
fusera pas ta main à M. de Roncy, si les in-
formations, que la prudence exige que l'on
prenne en pareille circonstance, lui sont fa-
vorables ; et elles le seront sans doute ; ton
père, alors, se hâtera de consentir à ce
mariage : il sera trop heureux de te savoir
heureuse ! Mais s'il arrivait, ce que je ne
prévois pas, ce que je ne puis croire, que
M. Lucien fût trouvé indigne de toi, cet
amour n'a pas encore eu assez de durée
pour, qu'avec le temps, tu ne puisses en
guérir, l'oublier...

— L'oublier ! répéta Nathalie ; ah ! maman, jamais ! c'est impossible !

— Oui, continua-t-elle avec une véhé-
mence extraordinaire, oui, je serais perdue
si mon père apprenait que j'ai aimé sans le
lui dire! ne l'as-tu pas entendu hier?...

— Impossible? répéta Albertine en souriant avec incrédulité ; est-ce à ton âge que
l'oubli d'un pareil chagrin est impossible?
Quoi qu'il advienne de ton penchant pour
M. de Roncy, il faudrait être raisonnable,
mon enfant, et tu le serais ; ne nous aurais-
tu pas, d'ailleurs, moi et ton père, pour
calmer ta souffrance, pour l'adoucir à force
de caresses et de consolations? Mais à quoi
bon s'alarmer d'une prévision que rien ne
justifie? Ainsi donc, sans retard, dès aujour-
d'hui, à l'instant même, il faut parler à ton
père...

— Oh! garde-t'en bien! s'écria la jeune
fille avec terreur, redressant la tête et regardant fixement sa mère; garde-t'en bien! car
ce serait me perdre sans retour.

— Te perdre!

— Mais au contraire, il te pardonnerait bien vite, et il mettrait tous ses soins à ce que cet amour eût le résultat que je désire.

— Soins inutiles, maman! s'écria Nathalie, c'est d'un autre, c'est de Lucien maintenant que je dois attendre mon salut... C'est lui qui doit parler le premier... L'autorité même de mon père ne peut plus rien pour retarder ou hâter mon mariage, et ne voulût-il pas, ce qui est possible enfin, tu l'as dit, ne voulût-il pas me donner Lucien pour époux, que sa volonté serait impuissante à empêcher ce qui est..

— Nathalie, tu me fais frémir! dit madame Dubreuil avec l'angoisse du malheureux qui a déjà un pied dans le gouffre dont son œil mesure la profondeur; mais ce qui existe, qu'est-ce donc? achève, achève... que veux-tu dire?

— Ne me maudis pas, je t'en prie, ne me maudis pas!

—Eh! ne t'ai-je pas promis de t'aimer

toujours?... Eh bien, tu disais?... M. Lucien...

— Je suis à lui, ma mère !

— A lui, malheureuse enfant? à lui !

La singulière énergie qui avait soutenu jusqu'à ce moment le courage de la jeune fille,
était tombée tout à coup après le dernier mot
de son terrible aveu; par faiblesse autant que
par confusion, elle pencha la tête, et ses
yeux se fermèrent; elle resta un moment
sans voix, inanimée, presque froide; l'âme
et le corps avaient succombé *dans la lutte*.

Quant à madame Dubreuil, cette affreuse
réalité qu'elle soupçonnait pourtant, lui porta
d'abord un coup terrible, et brisa en elle
toute force morale; toutefois, elle fut la première à recouvrer le sentiment, et, retenant
ses larmes, s'oubliant elle-même, elle ne
songea plus qu'à sa fille; la réchauffant de
ses caresses, la ranimant par ses baisers,
l'attirant à elle comme on attire à soi un enfant chagrin ou malade, et lui prodiguant de

ces douces paroles de mère, qui consolent,
qui ravivent l'espoir, qui font que le mal et la
douleur s'éloignent de l'être chéri, comme si
elles avaient peur, en le touchant, de commettre un sacrilège.

— Pauvre Nathalie! murmurait-elle.

A cette voix pénétrante, la jeune fille se
réveilla.

Tu ne m'accuses pas, maman, tu me plains,
tu es bonne! je m'y attendais, tu me l'avais
promis; mais je t'en remercie comme d'un
bonheur inespéré. Ah! tu comprends bien,
poursuivit-elle, l'œil égaré, la parole brève,
saccadée, et tremblant de tous ses membres,
comme si elle était encore sous l'impression
d'une épouvantable menace, tu comprends
bien maintenant pourquoi tu m'as vue pâlir
hier soir pendant le récit de mon père? pourquoi j'ai tant souffert durant cette horrible
scène du tribunal? quand le fermier Guillaume n'a pas voulu pardonner à son enfant
qui lui criait : Grâce! Cette malheureuse

coupable et suppliante, il m'a semblé que c'était moi; il m'a semblé que mon père me frapperait comme le sien l'a frappée!

— Oh! non, ma fille, non, jamais!

—Il l'a dit! il l'a dit! N'as-tu pas entendu qu'il applaudissait aux dernières paroles de l'accusé renvoyé absous? Il a ajouté : Oui, un jour ou l'autre on tue son enfant! A ces mots, tout mon sang s'est porté à mon cœur, j'ai cru que j'allais tomber, j'ai cru que j'allais mourir; je ne sais ce qui s'est passé en moi, ce que j'ai ressenti... mais cette menace m'a révélé... tout ce que j'avais à craindre.

—Oui, je comprends, tu as eu peur pour toi....

—Non, ma mère, répliqua vivement Nathalie, je n'ai pas eu peur pour moi... mais pour mon enfant!

A cette brusque révélation d'un nouveau malheur, madame Dubreuil resta muette, et comme pétrifiée. La jeune fille n'osait plus regarder sa mère; elle avait, en prononçant ces mots terribles : mon enfant! croisé ses

mains sur son sein agité , et dans ce geste
pudique, dans l'humiliation même de `son
attitude , respirait une incroyable expression
de fierté : c'était le sentiment maternel qui
s'éveillait.

Bientôt Nathalie revint à ses premières paroles de confiance et d'amour :

— Lucien m'aime , dit-elle , c'est un
honnête homme : il m'épousera !

La résolution d'Albertine était prise. De
ce jour, de ce moment commençait réellement sa tâche de mère, grande et pénible
tâche qu'elle promit à Dieu d'accomplir jusqu'au bout.

Sans ajouter un mot, sans vouloir rien
entendre, elle se leva, déposa doucement sa
fille sur le siége qu'elle venait de quitter, et
s'élança vers la porte de la chambre ; mais ,
arrêtée par un cri déchirant de Nathalie qui,
les mains jointes et les bras tendus vers elle,
lui disait avec l'accent du désespoir :

— Ah! je savais bien que tu m'abandon-
nerais!

— Non, non, mon enfant, répliqua-t-elle;
non, ce que je te disais avant l'aveu de ta
faute et de ton malhenr, je te le dis encore:
je t'aime, et je te pardonne... attends-moi,
attends-moi!

— Mais que vas-tu faire? voulut encore
demander Nathalie.

Madame Dubreuil avait disparu, fermant
la porte sur elle et emportant la clé.

TABLE.

—

A. BARBIER. — IMP. DE P. BAUDOUIN,
rue et hôtel Mignon, 2.